胸さわぎの週末

主要登場人物

ジャック・ウォーカー……………コーヒーハウスフランチャイズ〈ジャヴァ・ヘヴン〉のCFO
マデリン（マディ）・プライス……コンサルタント
ギャビン・レイン…………………〈ジャヴァ・ヘヴン〉のCEO
エマ・ヘイグッド…………………マデリンの親友

1

「いい知らせだ、ジャック」

ジャック・ウォーカーの全身の筋肉が緊張した。こいつはまずいぞ。ボスであり、〈ジャヴァ・ヘヴン〉の最高経営責任者《CEO》、ギャビン・レインは一カ月前にも同じセリフを吐いたが、そのときも決していいニュースではなかった。それは、ジャックと経理部のメンバーが気持ちを一つにできるようにコンサルタントを雇ったというものだった。アメリカ南西部に展開する有名なコーヒーハウスフランチャイズ〈ジャヴァ・ヘヴン〉の最高財務責任者《CFO》にジャックが就任して、やっと二カ月が経ったところで、とても順調に立て直しが進んでいると感触が持ててきた矢先のことだ。ジャックが雇われる数週間前に、前ＣＦＯ兼監査役が不正と横領の罪で逮捕され、一度は経理部の体制が崩壊したことを思えば、十分に順調といえた。

ジャックが困難をものともしないタイプの人間だったのは幸いだった。部内は混乱をきわめ、士気は落ち、人間関係もギスギスしていたからだ。しかし、障害だらけの最初の一～二週間を乗り越えたあと、新しい監査役も雇い、事態はかなりよくなりつつあった。

だが、ギャビンは忍耐強い人間ではなかった。なんでも前もって済ませておかなくては気が済まないタイプである彼は、部署の結束を高めて課題を解決させ、仕事がうまく運ぶようにしようと、コンサルタントのマデリン・プライスを雇った。その日から、ジャックの〈ジャヴァ・ヘヴン〉での仕事は地獄の日々となったのだ。

長年ジャックが相手にしてきた大勢のコンサルタントの例にもれず、マデリンがしていることといったら、コンサルティングと称して計上される時間がどんどん過ぎていくあいだにペラペラ、ペラペラ、しゃべって、しゃべって、しゃべりまくり、山ほどのメモを取るだけだ。レントゲンを撮ったら、心臓の代わりに円グラフでも写るんじゃないだろうか。座り込んでペラペラとしゃべりまくるのはジャックのスタイルではない。腕まくりして行動を起こすほうがずっと好みだ。

マデリン——ジャックは心の中で狂犬《マッド・ドッグ》と呼んでいた——も経理部が正しく運営されているかどうかをチェックするため、つまり以前の経理部の崩壊を招いたような不正行為を再発させないために雇われているのだと、ジャックにも分かっていた。だが、正直いって気に食わない。社外の人間がうしろからずっと監視していて、自分の決断に口を出してきたり詮索を加えてきたりするのは不愉快だった。メンバー全員が持ち場になじみ、新しいCFOと監査役に慣れるまでは、もちろん少しばかり問題も起こるだろうが、彼の手に負えなくはないはずだ。

ジャックに言わせれば、コンサルタントとは古いジョークに言いつくされているとおりの人種だ。つまり、コンサルタントに時間をたずねてみるといい、彼はあなたの腕時計を盗み、五万ドルを請求したあとで、八時一〇分過ぎだと教えてくれるだろう、というジョークどおりの。コンサルタントが役に立つときもあるだろうが、この場合、うれしくもない目の上のたんこぶであり、会社にとっても不必要な出費としか思えない。

そう指摘しても、ギャビンは譲らなかった。あまりに頑固なので、マッド・ドッグを雇ったのは、経理部を縮小しようとしているからではないかという疑念さえわいてきた。それには断固として反対する。人手が足りなくなってしまうではないか。人員不足はオーバーワークにつながり、スタッフを消耗させ気勢をそいでしまう。そうでなくても、これまでの苦労で皆すでに疲れきっているというのに。マッド・ドッグは、部内でもっとも必要性の低い人間、チームプレイからはずされるべき人間を決めるためのリストを作って、何度もチェックしているのに違いない。

ジャックは本当に腹を立てていた。スタッフが現状に慣れ、部を再編成するのに、もう少し時間が必要なだけだ。めがねのフレーム越しに盗み見するようなコンサルタント、またの名を、メンバーの首切りのためのスパイこそ、いちばん必要のないものだ。

残念ながらギャビンはそんな反対意見にまったく耳を貸さず、ジャックは従うしかなかった。だが、それは至難の業だ。特にマデリンのような気の強い女性が相手では。ギャビンが彼女を雇った理由は、〝堅苦しい、冷淡、ニコリともしない、ユーモアに欠ける、人をイライラさせるコンサルタント〟というキーワードでインターネット検索をしたら、マデリンの名前がいちばん上に出てきたからではないだろうか。

彼女の干渉を我慢するだけでもうんざりなのに、マデリンはまさにジャックが嫌いなタイプだった。すべてに白黒をつけたがるのだ。物事は完全に正しいか、完全に間違っているかのどちらかしかない。自分に同意しないなら出ていけ、といわんばかりの態度。些細なことまですべて計画どおりに運びたがる。偶然も驚きもなし。実はほんの一年前まで、ジャック自身にも似た部分があった。しかし、人生を変えるようなできごとが起きれば……生き方はもちろん、考え方まで変わってしまうということを知ったのだ。

「それで、いい知らせとは何です、ボス?」ギャビンの言葉のあとに沈黙があったので、質問を待っているのだと気づいて、ジャックはたずねた。

ギャビンは天板がガラス製の大きなデスクの向こうからジャックに微笑んだ。というよりは歯を見せたという感じで、ジャックの不安は一向に軽くならなかった。「〈カサ・ディ・ラーゴ〉での宿泊をきみの名前で申し込んでおいた。今週末だ」

ジャックは努めて感情を表に出さないようにしたが、有名なリゾートの名前が出たとき、いやな予感が倍増した。〈カサ・ディ・ラーゴ〉は、アトランタから北へ一時間半ほどの、ラニア湖のほとりにある。ワイナリーでワインを飲んだり、スパでマッサージしてもらったり、ゴルフを楽しんだり、高級レストランで食事をしたりするために、ギャビンが部下をリゾートに泊まらせるはずがないことを、ジャックはよく知っていた。待てよ、早まるな……。

ギャビンはもったいをつけずに言った。「もちろん、きみ一人じゃない」

ほら、予想どおりだ。さあくるぞ――。

「経理部全員で行ってもらう。チームワーク強化の楽しい週末だ。月曜の仕事はじめまでには、しっかり休んでリラックスして、強いきずなで結ばれているはずだ」

ジャックは驚いて眉を上げた。もっと悪い知らせを予想していたから、うれしい驚きだった。プライベートの予定を調整し直さなくてはならなかったが、心配していたよりもずっとましな内容だ。

「それはいいですね」ジャックは、ギャビンが〝いい知らせ〟があると発表して以来やっと緊張を解いた。「出費が心配ですが」

「長期的にはもとが取れるさ。人間は団結したほうがよい仕事をする。よい仕事をする人間は能率的に働く。そうだろう、ジャック？」

この言葉に、ジャックの危険探知機が回り出し、胃がギュッと縮まった。よく知っている言葉だ。いやというほど。マッド・ドッグが来てから何度となく聞かされてきた、彼女の呪文のようなものだった。

「マデリンがこの週末旅行をすべて手配してくれたんだ」ギャビンは言った。金だ。コンサルタントの費用がまた無駄に出ていってしまう。しかし、ギャビンの断固とした表情や口ぶりからすると、すでに決めてしまったのだろう。少なくとも、マッド・ドッグが来ないだけましというものだ。ありがたい。

「彼女も同行する」ギャビンは付け加えた。

ジャックはうめき声をなんとか押し殺した。やっぱりそうか。ほんの束の間とはいえ、ぬか喜びをして、おろかにも〝いい知らせ〟は実際そんなに悪くないこともあるなどと思ってしまった。脳天をガツンと一発やられた気分だ。

「何のために来るんですか?」

するとギャビンは急にポーカーフェイスになり、ジャックの危険探知機がさらに激しく反応した。ジャックは人の心を読むのを得意としていたし、この二カ月間で、ギャビンの表情から様々なニュアンスを感じ取れるようになっていた。今回の〝慎重に無表情を装った感じ〟は、隠していることがほかにもあると叫んでいるようなものだ。部の縮小についての疑いがさらに深まった。

ギャビンは肩をすくめた。「グループ内の交友関係や、メンバーそれぞれの人間性についての客観的な観察など、第三者の公平な意見が欲しいからだ」

人間性など持ち合わせていないマッド・ドッグが、他人の人間性を客観的に判断する能力があるのかどうか、冗談抜きで疑わしい。

「確かに彼女は冷淡だがね」ギャビンはジャックの心を見透かしたようにニヤリとしながら言った。

そのとおり。彼女の体を切ったら、血の代わりに氷がこぼれ出るに違いない。

「しかし、だからこそいい仕事ができる」ギャビンは続けた。「私情を挟むことはない。ビジネス最優先人間だ」ギャビンは立ち上がってドアのほうへ歩きはじめた。ミーティングはこれで終了という合図だ。「カーラに資料と日程表をすぐに用意させる」と秘書のデスクをあごで示す。「月曜に、週末の感想を聞こう」

「了解です。楽しみですね」

ジャックは自分のオフィスに戻る途中、部下のデスクのそばを通り過ぎながら、表向きは微笑みつつも、内心は不満でいっぱいだった。ちくしょう！　チームワーク強化に異論はない。実際に参加したこともあるが、結果はすばらしかった。週末の予定を調整し直すのも、そのためだけならばいい。だが、仕事で一週間マッド・ドッグの存在に耐えたあとで、さらに週末も一緒に過ごすためだとは……一言でこの気持ちを表すなら、オエッ、だ。

まったくオエッ、だ。今週末は大事な予定があったのに。とても大事な。クレアが理解してくれることを祈るばかりだ。ジャックはいたたまれない気分でため息をついた。それにソフィーも。

2

「あのすてきな〈カサ・ディ・ラーゴ〉で週末を過ごす人に、悪いけど同情なんてできないわね」エマ・ヘイグッドはシーザーサラダをプラスティックのフォークでつつきながら言った。

マデリンは大理石の小さなテーブルを挟んで座っている親友を見た。二人はできるだけ一緒にランチを食べることにしている。週に一度はと思うけれど、あちこちに出向するマデリンの仕事と、地方テレビ局のプロデューサーとして働くエマの殺人的スケジュールのせいで、今までは思うように会えないことも多かった。でも、〈ジャヴァ・ヘヴン〉のオフィスがエマのテレビ局とこの大きなフードコートに近いため、最近は定期的に会えるようになっていた。

「ゴルフとかテニスとかフェイシャルトリートメントのために行くんだったら、

それはすばらしいけど」マデリンはエビ炒めを木の箸でつまみながらブツブツと反論した。「残念ながら、今回は一〇〇パーセント仕事、遊びは一切なし」

「少しは自由な時間もあるでしょう」

「そうね、でもほんの少しだけ。無理すればマッサージぐらい受けられるかも」そうだ、マッサージなんていいじゃないの。この頃、ずっとピリピリしているし。

エマが顔を近づけて小さな声で言った。「それより、セックスでもしたら？」

「うーん、そうね。会社のチームワーク強化合宿でそれが可能なら。前にセックスしてからずいぶん経ってるからよく覚えていないんだけど、私の記憶が正しければ、セックスには相手が必要よね。電池で動くやつじゃなくて、生身の、息をしている相手が」マデリンはクスクスと笑ってエビを口に放り込んだ。

「それを見つけたらって言ってるの」エマが眉を動かしながら付け足した。

「私が見つけたみたいに」

マデリンは噛むのをやめ、それからエビを飲み込んだ。「何を見つけたって？」

「生身の、息をしている相手よ」エマはうっとりとため息をもらした。「それに、彼ったらよだれが出そうなほどセクシーなの。行動あるのみ、余計なトークなし、まさに理想的な相手。古きよき一夜かぎりの関係を、絶対におススメするわ」

「それっていつの話？　どこで？　どうやって？」私たち、男性に関しては長期休暇中だと思ってたけど」セックスだけが目的の、退屈か、傲慢か、はたまた結婚恐怖症の男性たちと無残な関係を繰り返したあと、マデリンとエマは恋人探しを休んで、自分磨きに精を出すことに決めたのだ。ジョギングをはじめたり、クッキングスクールに通い出したりして、しばらくのあいだは順調だった。一キロほど痩せてすぐにクッキングスクールでもとに戻ったけれど、デートの心配をしなくていいのは気楽でよかった。

でも、最近になってその気楽さがさみしさへと変わってきて、これでいいのかと考え直していたところだった。残念ながら、今は仕事がとても忙しく、新たな人間関係を築くための時間はなさそうだけれど。

「確かに休暇中だったんだけど。六カ月の禁欲生活で、欲求不満になったのはもちろん、ストレスがたまってきちゃったの。そこへ私を燃え上がらせる男性が現れて、やったー！って感じ」エマは顔の前で手を振りながら言った。「それに聞いて。彼って本当に最高なの。いつ、どこでは――昨日の夜、〈リッツ・カールトン〉で。で、どうやってかというと」エマはゆっくりとくちびるを歪めて微笑んだ。「ああもう、彼にかかったらメロメロよ」

嫉妬としか言いようのない感情の波が、マデリンの中に広がる。「はいはい、はっきり言ってうらやましいわ。ただ私は、彼とどうやって出会ったのかって訊いたの」

エマはフォークを振り回しながら答えた。「ここでよ。まさにこのフードコートで、昨日。すごく混んでて、空いてるテーブルが一つもなかったの。このあたりで大きな遠足でもあったんでしょうね、学生でいっぱいだった。私が座っていたテーブルに空いてるイスがあったから、彼が相席してもいいかって訊いてきて、それから……あとはご存じのとおり」

「そんなにすてきだったら、どうして一夜だけなの？　もう会わないの？」

「彼はニューヨークに住んでいて、会議で二、三日来てただけだから。今朝の便で帰っていったわ」エマはサラダをもう一口、フォークですくった。「だから完璧なの。最高のセックスだけ、期待も、面倒な関係も、ぎこちないデートも一切なし。すっごくいい気分。あなたも試してみるべきよ。今週末、リゾートで」

「そうね。ただ、私が一夜かぎりの関係が得意じゃないってことを忘れてない？　何度か挑戦したんだけど、うまくいかなかった」

「つまり、臆病者《チキン》ってことでしょ？」

「違う。内気さがじゃまをしただけ」

「なるほど。それってチキンの暗号よね？」エマはご丁寧にも、腕をバタバタさせながらコッコッとニワトリの鳴き声をまねてみせた。

マデリンはため息をついた。「分かった、認める。臆病になったのよ」

「じゃあ今回はそうならないで。勇敢になるの。奔放に、大胆に」

そんなことができるだろうか？　これまでの自分を考えればノーだけれど、燃え上がる一人にはもう飽き飽きしていた。「いいわ、私が勇気を出すとして、〈ジャヴァ・ヘヴン〉の社るような一夜のお相手はどこにいるっていうの？

員はありえないし。私が社内恋愛をしない主義なのは知ってるでしょ？」マデリンの心に、あるイメージが浮かんだ――濃いブルーの瞳、黒い髪、セクシーな微笑み――が、すぐに払いのけた。どうしてあのしゃくにさわるジャック・ウォーカーが、いちばんふさわしくないときにいつも心に浮かんでくるの？

「知ってる。あなたの場合、どこの会社へ行っても仕事は期間限定なんだから、問題ないと思うけどね。でも今回は、〈ジャヴァ・ヘヴン〉の社員から選ばなくても大丈夫」エマは、やわらかいレザーのブリーフケースに手を伸ばし、新聞を取り出した。ページをめくり、スポーツ欄をマデリンに差し出す。「左下のお知らせを見て」

マデリンはその短い記事に目を通した。「〈カサ・ディ・ラーゴ〉で今週末、チャリティゴルフトーナメントが行われる。これがなんなの？」と顔を上げてたずねた。

エマはあきれたという顔をした。「そのトーナメントに誰が参加するか、気づかなかったの？　消防士よ。たくさんの消防士。ホットで、セクシーで、マッチョで、セクシーで、おいしそうな――セクシーって二回言ったっけ？――

消防士。少なくともそのうちの一人は喜んであなたの渇きをいやしてくれるわ。最高の週末を過ごして、ガス抜きをして、二度と彼に会わなくてもいい。私を信じて――これは滅多にないチャンスよ」

制約なし、面倒な約束もなし、そんな開放的な情熱の一夜を思い描いただけで、マデリンの体中を熱いものが駆けめぐった。「確かに、楽しそうね」と認める。

「もちろんよ。ちょっとした気分転換だと思えばいいじゃない」

「そのとおり。本命が現れるまでの」

「そうね。やれやれ、マディー、あなたも二八なんだから。一夜かぎりの関係を楽しんでもいい頃よ。いつもまじめばっかりじゃダメ」

「いつもじゃないわ」と反論しながら、マデリンはこの数カ月のあいだ、ずっと楽しむことを忘れていたのに気づいた。デートなしの洞窟に入り込んでいたのだ。そこには腹の立つ男もいない代わりに、いい男もいなかった――だけど、外の世界にはいるはず。今、周りにいないからといって、いい男は単なる都市伝説ってわけじゃない。

一夜かぎりの関係はマデリンのスタイルではないけれど、確かに変化は必要だ。洞窟から救い出してくれるような変化。熱い情熱の一夜は、十分その役割を果たしてくれそうだ。

「それで、どうするの？」

マデリンは箸でえんどう豆をつかみながら答えた。「いちばんセクシーな下着をバッグに入れて、この燃えさかる炎を消してくれる消防士を探すわ」

エマはニヤリと笑った。「その調子。くれぐれもおじけづかないように。月曜のランチのときに詳しく報告して」

「いいわ。報告できるようなことがあればいいけど……」声が次第に低いうめきに変わり、マデリンはイスに身を沈めた。「ちょっと、彼がここで何してるの？」

「誰のこと？」エマはマデリンのほうに身を乗り出して、さりげなくあたりを見回しながらささやいた。

「ジャック・ウォーカーよ」

エマの青い目が大きくなった。「〈ジャヴァ・ヘヴン〉の鬼ＣＦＯの、例の疫病神？」

「そんでもって、しゃくにさわる男の金メダリスト。みんな同一人物。彼がなんでここに来るの？」

「だってオフィスがたった三ブロックのところにあるんだから当然でしょ」エマはさらに身を寄せる。「どれなの？」

マデリンはエマの肩越しに視線を走らせた。「背が高くて、黒い髪、チャコールグレーのスーツ、ピザの店の列に並んでる」

エマはそっと振り返り、さらにもう一度見た。マデリンのほうに向き直ったとき、エマは口をあんぐりと開けていた。「あれが、あなたの言う不快な男？」エマがまた振り向いたので、二度と見たくないと思っていたマデリンもつられて目をやった。ジャックは支払いをしながら、レジの女性の言葉に笑って応えている。それからトレイを持ち、フードコートの反対側のテーブルに座った。

ジャック・ウォーカー、〈ジャヴァ・ヘヴン〉のCFO。

目下、マデリンの存在を脅かしている人物だ。

一カ月前の〈ジャヴァ・ヘヴン〉での仕事の初日から、この新しいCFOが彼女を歓迎していないことは明らかだった。それを気にしているわけではない——いやな顔をされるのには慣れている。スパイ扱いされるのは〈ジャヴァ・ヘヴン〉がはじめてではなかったし、その気持ちも理解できた。変化や外部の者に対してまず抵抗しようとするのは、人間としての本能だろう。マデリンは、効率的に仕事を進めるためのサポートをするという自分の役割に誇りを持っていたし、長年の経験から図太さも身に着けていた。人気コンテストに勝つために〈ジャヴァ・ヘヴン〉に来たんじゃない。それに、ジャック・ウォーカーが私のことをどう思っているかなんて、どうだっていい。

「マディー、あの男が不快だって言うんなら、新しいめがねを買ったほうがいいわよ。たった今」

エマの声でマデリンは我に返った。「外見が不快とは言ってないわ」そうだったらよかったけど。あんなにいやなやつがすごく魅力的なんて、不公平きわまりない。「でも、あなたもああいうタイプのことはよく知ってるじゃない——自分がかっこいいことをしっかりと自覚してるやつ」

エマはうなずいた。「見た目がよければよいほど、性格は悪いのよね」

「そのとおり」

「じゃ、あいつの性格は最悪ってことね。見た目はすばらしくハンサムだから。何歳なの？」

「社内のうわさでは三二歳だって」

「完璧。若すぎず、年寄りすぎず。でもＣＦＯとしては若いほうだから、頭も切れるんでしょ？」

「そうね。でも彼の場合、その頭のよさが余計しゃくにさわるの」

エマは笑った。「ほんとに誰もいないの？」

「結婚も婚約もしてないわ。でも絶対にプレイボーイよ」マデリンは、女性社員たちが彼に視線を送っているのを見かけたことがあった。それも一度どころではない。悔しいけど、そんな女性社員たちの気持ちも分からなくもない。でも、そんな視線を彼が気にしている様子を見たことは一度もなかった。それでもマデリンは、プレイボーイの見分けがつく自信があった。「彼、毎週水曜に長いランチを取るんだけど、よくネクタイが曲がったまま戻ってくるの。そう、それまで何をしてたかバレバレ。昨日なんて、いつもの水曜のランチから戻ったら、襟に赤いものがついてた。私が口紅も分からないとでも思ってるのかしら。きっと彼のベッドには、今まで寝た女性を数える刻み目が、大学の社交クラブ全員分よりもたくさんついてるはず。彼の家の前には、傷ついたハートがあちこちに落ちてるに違いないわ」

「だって外見だけ見ると、ついついオーケーしちゃいそうだもの」エマの目がキラリと光り、身を乗り出してきた。「ねえ、もし熱くなれそうな消防士が見つからなかったら、ミスター・ゴージャスにチャンスをあげたら？」

マデリンの体が火照ったのは、スパイシーなエビの炒めもののせいではなかった。ジャック・ウォーカーと寝る？　それって……。

〝絶対ありえないわ！〟マデリンの常識が叫んだ。

〝絶対、めちゃくちゃ最高よ！〟突然目覚めた欲望が叫んだ。

マデリンはテーブルの向こうのエマを見つめた。「彼の外見にやられたわね。気は確か？　どこからはじめたらいいのか分からないぐらい、反対する理由が山ほどあるわ」

「たとえば？」

「私たち、一緒に働いてるのよ」

　エマはレタスをのせたフォークを横に振って否定した。「それは問題にならないって言ったでしょ。あと一カ月しか一緒に働かないんだから」

「そうよ。ただでさえ大変な一カ月になりそうなんだから、セックスまで持ち込みたくないの。そうでなくても、ジャックは私のことを侵入者で、トラブルメーカーで、CEOのスパイだって思ってる。ベッドをともにしたからって関係がよくなるとはとても思えないし」

　エマはウィンクした。「何度かのオーガズムで変わるかもよ」

　意思に反して、マデリンの視線はペパロニピザらしきものにかぶりついているジャックのほうに吸い寄せられた。見るからに締まった身体には一グラムの贅肉もついていない――それも気に入らないところだ。いかにも太りそうなチーズたっぷりのピザを食べても、私のようにお尻に脂肪がついて八カ月も苦しんだりすることはないのだろう。いやだ、彼、がっついてる姿もすてきじゃないの。

　そのとき、二人の視線がぶつかった。ジャックに見られるといつもそうなるのだが、数秒間、凍りつくような、同時に焼けつくような感覚にとらわれる。まるで火の輪の真ん中でヘッドライトに照らされている鹿のような気分だ。わずかな時間、相手も動きを止めた。二人でオーガズムに達しているイメージが心に浮かんできて、マデリンはうろたえた。彼は軽くうなずいてみせると、テーブルの上の本に視線を落とした。

「大丈夫？」

　エマの声で、マデリンは現実の世界に引き戻された。「ん？」

「顔が赤いわよ。暑いの？」

　大火事よ。しかも、全部あのむかつく男のせい。好きでもない男との性的な空想にふけるようになったらおしまいね。間違いなくこの日照り状態を終わらせる頃だわ。

「ちょっと暑いわね」マデリンは言った。「何の話だっけ？」

「ジャック・ゴージャス・ウォーカー」

「そうだった。でもジャック・いやなやつ・ウォーカーでもあることを忘れないで。それに、彼がハンサムだという事実は、問題のほんの半分にすぎないわ。

ダニーのおかげで、外見がハンサムな男が中身もハンサムとはかぎらないと身にしみて分かったもの」マデリンは前の恋人の思い出を押しのけると、ため息をついた。「どうして男性っていうのは、外見のよさと誠実さが反比例するの? 外見がいいほど、ろくでなしの可能性が大きくなる」

「どうしてかしら」とエマ。「でも何か科学的な法則があるはず。相対性とか重力みたいな」

「悔しいけど、ジャックは頭もいいし、大変な状況の中で成果を上げていることは認める。だからって、外部の人間の力を借りなくてもいいっていうわけじゃない。彼は傲慢すぎてそれが分からないの。確かに、彼は会議室のテーブルの向こう側に座って私の提案を最後まで聞きはする。でも、あの耐えがたいほど神妙な顔や、私を見るというよりは見透かすような表情を見れば、聞いてるふりをしてるだけっていうのは明らかよ」

「男たちのそういう態度、私も我慢できない」エマはフォークでクルトンを突き刺しながら同意した。

「あからさまな敵意には対抗できる。でもジャックみたいに、私の意見を聞いてるふりをしてちゃんと聞いてないとか、こちらを見てるようでちゃんと見てない、みたいな態度がいちばん腹が立つのよ」

「彼はクズね」エマはフーッと、残念そうなため息を吐いた。「うーん、だけど魅力的なクズなのよね」

否定したいのはやまやまだったが、マデリンにはできなかった。「でも私の経験からして、いつも〝魅力的〟よりも〝腹が立つ〟の方が勝ってしまうのよ。それに、彼は腹が立つだけじゃなくて、不可解だわ。私が知ってる重役タイプのほとんどは、一週間に七〇～八〇時間も働くほどの仕事の虫だけど、ジャックは金曜は一分だって残業しないの」

「週末を早くはじめたいんじゃないの？」クルトンをサクサクと嚙みながらエマは言った。

「でしょうね。ランチタイムにお楽しみをしたり、寝たらすぐに別れるようなタイプだと、会ったときすぐに分かったわ。別に構わないけど。あと一カ月我慢したら〈ジャヴァ・ヘヴン〉にはバイバイして、次の会社に出向するんだから。ジャック・ウォーカーに二度と会うこともないし」

エマはもう一度、肩越しにこっそり振り返った。「あんなにすばらしい肉体美を持ってるのにクズ男だなんて、あまりに不公平だわ」

「同感」彼がいい人だったら、すぐにでも飛びつくのに。

そう、私だけでなくアトランタ中の女性がね。でも、女性たちはいやな性格だとは思っていないようだ。彼のお盛んな異性関係がうらやましいわけじゃない。とんでもない。いろんな男性と寝たいという欲望は持ち合わせていないのだから。まあ、それが今の日照り状態の原因だけれど。もちろん、自分にとって価値のある一人の男性との関係が理想。でも、そんな男性——誠実で、頭がよくて、ユーモアのセンスがあって、一夫一妻制を支持する男性——を探すのは、何キロにもわたって広がる砂浜で小さな一粒の真珠を見つけるぐらい難しいってことも分かっている。

アトランタでの今までのデートは悲惨だった。理論的には、一夜かぎりの関係がこの苦しみから救ってくれるかもしれない——それに最近、本当に気が張っているし——と思ってはみても、寝たいと思う男性を見つけるのがひと苦労だ。街には魅力的な男性がたくさんいるけれど、いくら外見がよくても、それだけでは残念ながら興味を引かれない。それでも、セクシーで、ゴルフ好きな消防士との一夜かぎりの関係となれば、ハンサムというだけで十分だ。エマは正しいわ。以前はおじけづいたけど、今回は違う。どうせ、一夜の相手――永遠の相手じゃなくて――を探すだけなんだから。

3

ランチのあと、オフィスに戻るとすぐにマデリンはEメールをチェックした。カーラから週末のスケジュール表が届いていたので、添付ファイルを開く。めがねを押し上げてじっくり目を通し、自分が金曜の夜に到着する予定になっていることに驚いた。さらに下のほうを見ると、土曜の朝に予定されている活動に視線が釘づけになった。何これ……？　目をしばたたいたが、見間違いではない。マデリンはしかめっ面になった。

「絶対にいや」マデリンは歯をくいしばったまままつぶやいた。「いやどころじゃない……とんでもない！」

このバカバカしいアイディアを出したのはジャック、それともギャビン？　明らかにどちらかの仕業だけど、ジャックに賭けるわ。私をいらいらさせたり苦しめることはなんでもあいつが原因。といっても、それをおとなしく受け入れる気はない。

スケジュール表を手に握り、マデリンは足早にオフィスを出ると、ついたてで仕切られた仕事スペースに沿って延びる長い廊下を、重役室へと向かった。耳から蒸気が吹き出ていないかしらと思いながら。

この週末のチームワーク強化合宿の必要性はよく理解している。事実、彼女がギャビンに提案して、やる気を引き出すチームワーク強化プログラムではアトランタでいちばん評判のよい会社に依頼し、すべてを段取りしたのだ。これは、経理部が元どおりに機能するようになるための理想的な機会だったが、それに加えて、マデリンがギャビンに提出することになっている報告書に必要な観察ができる、この上ないチャンスでもあった。ギャビンは今月末までに経理部を二〇人から一五人に縮小したいと考えていて、どの社員を解雇するかを、マデリンの報告書を参考に決定するつもりなのだ。

それにしても、合宿に同行するのとこれとは何の関連もないわ。マデリンは歩きながらスケジュール表を振り回すと、思いきりにらみつけた。こんなの、絶対にありえない。

マデリンが顔を上げると、ジャックのオフィスはすぐそこだった。断固とした決意を胸に、〝最高財務責任者ジャック・ウォーカー〟と書かれたドアに向かった。

部屋に近づくと、彼の低い声が聞こえてきた。少し開いたドアの前で立ち止まって耳を澄ます。「ごめんよ、スウィートハート……分かってる、ぼくだって楽しみにしてた」彼はため息をついた。「違う、抜けられない仕事なんだ。でもこの埋め合わせはするから」数秒の沈黙のあと、クスクスと低く笑って言う。「いいとも。楽しみにしてるよ……じゃあ、スウィートハート。また電話する」

しばらく沈黙が続いて、電話が終わったようだった。勇気を出すために空気を吸い込んで、マデリンは半分開いたドアに向かって一歩踏み出した。ジャックはこちらに背を向けて窓の外に目をやりながら、携帯電話を耳に当てていた。チャコールグレーのスーツのジャケットを脱ぎ、シャツの袖をまくり上げている。認めたくなかったけれど、彼のうしろ姿はなんというか……いい眺めだった。

マデリンがノックしようとしたとき、ジャックは電話の相手に話しかけた。

「やあベイビー、ジャックだ。会えなくてさみしいよ。今週末の予定を諦めなくてはならなくなったことをきみに伝えたくて」

マデリンは頭を振った。おやまあ、いったいこの週末だけで何人の〝スウィートハート〟や〝ベイビー〟との約束をキャンセルするのかしら。

「本当にごめん、ぼくだって楽しみにしてたんだ――」

彼はふいに振り返り、ドアのところでノックしようと手を上げているマデリンに気づいて、言葉を切った。マデリンは立ちすくみ、二人は広いオフィスを挟んで見つめ合い、数秒間の沈黙が流れた。うしろ姿もすばらしかったけれど、真正面からの眺めといったら気絶ものだわ。一八五センチはありそうな長身、広い肩、深いブルーの瞳、がっしりして角張ったあご――あご先には魅力的なくぼみ、なぜだかかたそうにもやわらかそうにも見えるくちびる。豊かな黒い髪は、手で掻き上げたように少し乱れていたが、そんな不完全さも彼の魅力を少しも損なってはいなかった。まったく、こんなに魅力的な男性が疫病神だなんて、本当にフェアじゃない。

ジャックは目を細めると、電話の相手に言った。「あとでかけ直すよ」マデリンの目を穴の開くほどじっと見つめたまま、携帯電話を閉じるとデスクの上に置いた。「盗み聞きかい、ミス・プライス？」

顔がかっと熱くなり、マデリンはあごを上げた。「そんなわけないでしょう」

〝本当のところ、盗み聞きしてたわよね？〟腹が立つほど正直な、内なる声が批判した。

分かった、盗み聞きしてたわよ。でもわざとじゃなかった。偶然聞こえただけ。だって、ドアが少し開いてたんだもの。つまり、すべては彼が悪いのよ。あのしかめっ面からすると、そう指摘しても喜んでくれなさそうだけど。

「あなたが振り返ったとき、ちょうどノックするところだったのよ。一分だけ時間ある？」

ジャックは〝選択の余地はあるのか？〟らしきことをブツブツとつぶやいてから「もちろん。ただし、本当に一分だけだ。ミーティングがあるから。何か？」と言った。

その傲慢な態度をやめて。それから、もっとかっこ悪くなって。ビール腹になって、鼻に毛の生えたイボをいくつかくっつけてくれるだけでいいわ。「今週末のチームワーク強化合宿のスケジュールを見た？」

「いや、まだだ」

マデリンはチョコレート色のカーペットを横切って、スケジュール表を彼に渡した。「読んでみて、泣けるわよ」

彼はさっと目を通した。「ごく普通の内容……」声が小さくなり、眉がぎゅっと下がった。「これは？」マデリンを見上げた。例の部分に気づいたのだ。

「あなたのせいじゃないのね？」マデリンはたずねた。

ジャックは信じられないといった調子で答えた。「土曜の朝六時にきみと二人でオリエンテーリングの予定を組んだかって？　ありえないね。きみの冗談じゃないのか？」

「オリエンテーリングが何かぐらい、知ってるわ。まじめな話、コンパスと地図をたよりに、あなたと森の中をさまようなんて、おもしろくもなんともない」

「じゃあ、タイプミスに違いない」

「ひどいタイプミスね。誰と一緒ならご満足？　セクシー女優のカルメン・エレクトラ？」

「なんにせよ、きみと一緒に何かをすること自体、ありえない。特に朝の六時になんて」

マデリンも同じく、朝の六時に彼と一緒に何かをすることに反対だったが、その失礼な言い方にカチンときた。フン、喜んで朝六時に私と森に行きたい男は山ほどいるんだから。多分。そういう男性を直接知らないからって、この世に存在しないわけではないわ。どこかにいるのよ。

「あなたと森に置き去りにされるなんて、私だってごめんだわ」マデリンは目を細めた。「つまり、あなたの仕業じゃないわけね？」

「とんでもない。ということはつまり――」

「ギャビン」二人は同時に言った。

「ぼくがなんとかしよう」ジャックはデスクの電話に手を伸ばし、番号を押した。受話器に向かって「カーラ、ジャックだ。ギャビンはいるかい？」と言うと、二、三秒間黙ったあと続けた。「ボス、週末のスケジュールを今見たんですが。マデリンとのオリエンテーリングについて――」

ジャックの言葉が途切れ、しかめっ面になった。「しかし……本当に必要で――」長い沈黙。「しかし経費が――。ああ、ほかのメンバーは土曜の朝に到着ですか」さらに、ところどころ「そうですね」というつぶやきとしかめっ面が入る。「はい……ええ……なるほど……分かりました。了解です」彼は受話器を戻すと、マデリンを見た。

「あなたは確かにボスに掛け合ってくれた」マデリンは無表情に言った。「それになんとかしようとしたことも認めるわ。でも、ギャビンが言った内容は分からないけど、話の終わり方やあなたの表情からすると、これはギャビンのアイディアで、私たちは土曜の朝、オリエンテーリングに行くことになったようね」

「朝六時にね」マデリンと同じぐらい不満そうな顔で、ジャックは認めた。

「理由を言ってた？」マデリンはたずねた。

「ああ。ぼくらのあいだに〝緊張感が感じられる〟から、〝きずなを深めてほしい〟そうだ」ジャックの鋭い視線に、マデリンは文字どおり釘づけになった。

「とんだお荷物を背負い込まされた」

「それも最大のお荷物をね」マデリンも負けずに言った。「その非難するような口ぶりと表情からすると、緊張関係は私のせいだと思っているみたいね」

「自分でそうだと思うなら……」

「あなたのその、自分がすべて正しい、みたいな態度が原因だと思ったことはないの？」

「正直言って、ないね。なぜなら、ぼくはまったくそんな人間ではないから。ぼくのことを少しでも知れば、そうでないと分かるさ。よりによってきみに非難されるとはおもしろい」彼は受話器を取るまねをした。「もしもし、目くそさん？　こちら鼻くそですが」

マデリンは気持ちを落ち着けるために深く息を吸い込み、ジャックの最高にむかつく態度への怒りと、それを許してしまった自分への怒りを必死で抑えた。

「私はあなたを助けるために来てるのよ。敵じゃないわ」

ジャックが例の見透かすような表情をすると、マデリンの血が逆流した。彼は一言も発していないけれど、敵意を持っているのは明らかだ。さらに神経を逆なでされた彼女は思わず言った。「私、きっと透視ができるのね。あなたの考えていることが簡単に分かるもの」

「へえ、ぼくが何を考えてるって?」

マデリンは男っぽい、低い声で言った。「訊かれもしない質問に分かりきった答えを並べるだけで、彼女はがっぽり稼いでいる。ぼくの仕事のことなど何も分からないくせに――その上、コーヒーも好きじゃないなんて。彼女の助けなど必要ない」

ジャックはしばらく考えてから、うなずいた。「ほぼ正解だ。ただ、〝彼女と森をさまようなんて絶対にいやだ〟というのが抜けているけど」

「失礼」マデリンはつくり笑いで答えた。「でたらめと男性ホルモンに囲まれていると、超能力が弱まってしまうの」

ジャックもつくり笑いで応戦した。「コンサルタントなんだから、でたらめはお得意だろう」

「あはは。私と森の中をさまようことはないからご心配なく。私は地図とコンパスの使い方を知ってるから。それに、男っていう人種と違って、道をたずねるのをためらったりしないし」

「こっちこそ、あははだ。オリエンテーリングについて言えば、ぼくたちが気に入るかどうかは関係ない。ギャビンがそれを望んでいる以上、やるしかないんだ」視線をマデリンのエナメルのハイヒールに移してジャックは続けた。

「そんな靴で森の中を歩けるのか？」

「あなたこそ、森から出してくださいって私にちゃんと頼めるかしら？」

「きみに頼む必要はない。道を訊く必要もね」

「典型的な答えね。今まで森の中で迷った男性のうち、何人が同じことを言ったと思う？」

「知らないが、ぼくは迷わないよ。方向感覚には自信がある」

「あらそう。少なくとも一度は迷うほうに一〇ドル賭けるわ」

ジャックは眉を上げて笑った。いやだ、笑顔もすてき。ずるいわ。「いいとも。その一〇ドルはもう戻らないと思ったほうがいい」

「もし戻らなかったとしたら、それはきっと、あなたが迷ったことを認めなかったときだけね」

「違うよ」ジャックは子どもを相手にするように言った。「ぼくのすばらしい方向感覚のおかげだ」

「ええそうね。ああ、私のことは気にしないで。ちょっと天井を見てるだけ、本当よ。別にあきれて目を回しているわけじゃないわ」

「もし迷ったらきちんと認めるさ」

「今まで森の中で迷った男性のうち、何人が同じことを言ったと思う？」

ジャックはボーイスカウトの宣誓のように片手を上げた。「ぼくは約束を守る男だ」

「すばらしい。それじゃあ二〇ドルにしましょう。新しい口紅が欲しいの」

ジャックがマデリンのくちびるに視線を移すと、その瞳に何かが揺らめいた。それは熱くて荒々しいもので、マデリンの全身は一気に燃え上がった。なんてこと！　日照り状態が高じて、ついにはないものまで感じるようになったなんて。砂漠で喉の渇きに耐えかねた人がオアシスのまぼろしを見るみたいに。実際、あの目で見つめられただけで、マデリンの体はまるで愛撫されたように反応し、無意識のうちにくちびるをなめていた。

するとそのとき、ジャックの目に今度は間違いなく熱いものが揺らめいた。うわっ。バクバクと心臓が二回打つあいだ、まるでマデリンがブラウニーかのごとく、ジャックは甘いものに飢えたような目で彼女の口もとをじっと見つめた。

それからジャックは、白昼夢から覚めたように目をぱちぱちさせて頭を左右に振った。おそらくマデリンと同じように、こん棒で頭を殴られた気がしたのだろう。彼のくちびるが動いたが、何を言ったのかさっぱり分からなかった。

マデリンはやっとのことで言葉を発した。「え？」

「口紅に二〇ドルは高すぎないか？」

「そう？　口紅を何度も買ったことがあるの？」

「いや、観察に基づく所見を述べたまでだよ。財務に責任を持つタイプのＣＦＯとしてね」

「私はお金に無頓着だと言いたいの？」

「そうじゃない。ただ、口紅に二〇ドルは高いと言っただけだ。だが、リゾート地での高額な週末合宿を企画する人間の言葉としては、さほど驚かないけど」

「そうね、財務に責任を持つタイプのコンサルタントとしては、口紅によってはありうると答えるわね。それに値するものもあるの。それから週末の合宿について言わせてもらえば、意思の疎通がうまくできていない職場で数年間にかかるコストを考えれば、安いものよ」

またジャックの視線がマデリンのくちびるに移り、数秒間、マデリンは息ができなかった。それから彼は苦笑いをしながらスケジュール表を返した。「そうかい。さて、そろそろ失礼してもいいかな、ミーティングがあるんでね」

「もちろん」マデリンは彼のオフィスを出て、自分を突然襲ったわけの分からない狂気から逃れてほっとしていた。いつものきびきびした足取りで自分のオフィスに戻る途中、廊下の中ほどで誰かのまとわりつくような視線を感じた。肩越しに振り返ると、思わずつまずきそうになった。ジャックがドア枠にもたれて見ていたのだ。戸惑いといらだちが入り混じった表情で。

もとのペースで歩きながら、自分もまったく同じ気持ちだと気づいた――戸惑いといらだち。それにしても、いったいどうしてほかの人じゃなくてジャックに対してだけ、私の休眠中のホルモンたちが高電圧銃で撃たれたみたいに急に元気になるんだろう？　まったく腹が立つ。彼の存在自体も。

そして残念なことに、週末には彼と接する機会がいやでも増えると思うと、さらに腹が立つできごとが待ち受けているのが予想できた。

ジャック・ウォーカーのことが嫌いでよかった。もし嫌いでなかったら……うーん、それこそ最悪の事態よ。

4

金曜の夜、〈カサ・ディ・ラーゴ〉にやっとたどり着いたとき、ジャックは疲れきって、いらだち、空腹で、喉が渇いていた。コンピューターのトラブルのおかげで仕事中はストレスがたまる一方だった。早い時間に軽い夕食を食べたが、その後、アトランタの金曜の夜の悪名高き渋滞と、永遠に終わらない道路工事、ハイウェイの三車線をふさぐ追突事故のせいで、リゾートまでの一時間半のドライブが、三時間半の悪夢に変わってしまった。ジャックが今求めているのは、冷たい飲み物とあたたかい食事、そして深い眠りだ。

車を駐車場に入れ、小ぶりの黒いスーツケースを引き、体を引きずるようにしてリゾートのアーチ型エントランスへ向かった。極度の疲労にもかかわらず、きっとすべてうまくいくさと思う。ホテルの敷地は、みごとに刈り込まれた芝生、花に縁取られた小道が間接照明と月の光を浴びて、とても美しかった。リゾートはイタリアの村を模してつくられている。薄い黄色の漆喰の外壁に、エレガントな曲線を描くアーチや黒い錬鉄のバルコニーの手すりがあちこちに見られ、ラニア湖ではなくてコモ湖を訪れている気分になる。数年前に一度ここに来たことがあったが、サービス、食事、設備、部屋、すべてに感動した。そのすばらしさを味わいたくて待ちきれない。今すぐにでも。

ロビーに入ると、高い天井、金色がかったクリーム色の大理石の床、織物のじゅうたん、彫刻がほどこされた柱、趣味のよい美術品、摘みたての花のやさしい香りが、ぼんやりと通り過ぎていった。ジャックの意識は四つのことにだけ集中していた。チェックイン、飲む、食べる、寝る。この順番で。今は、花びんに入っているものよりも、チーズバーガーのにおいにずっと興味がある。

前方に受付デスクを見つけて、早足になった。ほかの客が手続き中で、カウンターの向こうには一人しかいないようだ。くそっ。前の女性がすぐに終わればいいが。こういうときにかぎって、何かしらの問題が起きて、手間と時間が人一倍かかる客のうしろで待たされる羽目になるんだよな。

近づいていくと、手続き中の女性は茶色の野暮ったいスーツに似合わず、すばらしい脚の持ち主であることにぼんやりと気づいた。ちょうどそのとき、彼女が少し顔をこちらに向けたので、ジャックは驚きのあまりつまずきそうになった。喉もとに上がってくるうめき声をかろうじて抑える。たくさんの人がいる中で、どうして彼女なんだ？　マッド・ドッグ・プライスは、今いちばん会いたくない相手だ。いやでも何時間かあとには会わなくてはいけないというのに。時計に目をやった。あと八時間後だ。

ジャックはさらに近づきながら、視線が勝手に彼女の脚に戻っていることに苦笑した。とてもいい眺めだ。この脚はいったい誰のものだ？　どうして今まで気づかなかったのだろう？　このすばらしい脚がこんな気の強い女性のために浪費されているとは、なんとも不公平だ。ちょうどそのとき、彼女がつま先立ちになってカウンターに身を乗り出した。脇に移動した受付の男性に、花びん越しに話しかけようとしたのだ。ジャックは目をしばたたいた。おお、すばらしい！　泥みたいな色のスーツでも、明らかに形のいいヒップを隠すことはできなかった。

ジャックは受付デスクに到達することに――それから予想外にすばらしいヒップを見つめることに――集中しすぎていて、マデリンが振り返ったのに気づかなかった。彼女の視線はこちらを向いていた。自分のヒップを見つめているジャックを。

目を上げてそれに気づいたとき、ジャックは自己嫌悪で奥歯を嚙みしめた。しかもいやらしいとしかいいようのない目で彼女を見ていたのはまずかった。その瞬間を見られたとは。

くそっ。今日はどんどん悪い日になるぞ。

ジャックが彼女の目をしっかりと見て、うなずいて挨拶をすると、彼女も同じように返した。受付待ちの列を示すベルベットのロープのあいだを歩いていくと、「私がうかがいます、お客様」という声がした。すると、マッド・ドッグに応対している係の隣に置かれたコンピューターの前に、明るい笑顔の男性が立っていた。ジャックはデスクまで行き、マデリンの隣にスーツケースを置いて、自分の名前を告げた。

「遅いチェックインね」マデリンが言った。

「その言葉、そっくりそのままお返しするよ」

「私は残業だったの」

〝私は〟の部分の強調に気づき、ジャックは歯ぎしりした。ジャックは五時に職場を出たからだ。許可はもらっている。その理由は彼女の知ったことではない。何も言うなという理性の声に反して、つい言葉が出た。「仕事以外の人生がある人間もいるのさ」

そう言いながらジャックは、マデリンは仕事以外ではどんな生活をしているのだろうと考えている自分に驚いた。考えてみると、知り合って一カ月になるが、彼女についてまったく知らなかった。自分を苦しめる存在で、目の上のたんこぶだということを除いては。それさえ知っていれば十分だ。

「明日の大冒険の準備はできてる？」マデリンはたずねた。

ジャックは受付の男性にクレジットカードを渡し、マデリンのほうを見た。彼女は黒くて四角いめがねのフレーム越しに彼をじっと見ていた。髪をひっつめにして、堅物の女教師のようだ。

「もちろん」ジャックは答えた。「本当に待ち遠しいよ。明日の朝一〇時までに到着すればいいほかの社員たちがうらやましくなんかないね」

「私も待ち遠しいわ」彼女は微笑んで、目くばせをした。「新しい口紅が買えるもの」

ジャックはマデリンのくちびるをチラリと見て、歯を嚙みしめた。なんてぽってりしているんだ。脚のときと同じく、このふっくらと完璧な形をしたくちびるがなぜ目に入らなかったのか、昨日くだらない賭けをするまでどうして気づかなかったのかと、自問した。目の前にある彼女のくちびるは熟れたようにつややかだ――まるでみずみずしい桃のように。桃……うーん、桃は大好きだ。それにお腹まで減っている。

ベルボーイが台車を押してきてジャックとマデリンのスーツケースを乗せたので、ジャックはマッド・ドッグの桃のようなくちびるから目を離した。自分で持っていくと言いかけたが、ここは楽をすることに決めた。ベルボーイはエレベーターに向かい、ジャックはカウンターにもたれながら、背の高いグラスに入った冷たい飲み物とジューシーなチーズバーガー、そして快適なベッドを思い描いた。

ほめられるとバラバラに砕けそうだよ」

「ヨレヨレって感じね」とマデリンの声。「大変な日だったの？」

ジャックは視線を彼女のほうへ向けた。「ふうっ、おかげさまで。そんなにほめられるとバラバラに砕けそうだよ」

マデリンは片方の眉を上げた。「正直な感想を述べたまでよ。それに、ほめ言葉ならいやというほどもらってるでしょ」

その一言に嫌味——ほめ言葉とは正反対の——が込められていることは分かっていたが、ジャックの疲れた脳みそがそれを理解する前に、彼女はカウンターからカードキーを受け取った。受付の男性にありがとうと告げてから、ジャックに言った。「じゃあ明日の朝」

朝。そうだ、楽しい楽しいオリエンテーリングだ。ヤッホー！　ジャックはカードキーを受け取りエレベーターに向かったが、ピカピカの真ちゅうのドアの前に立っているマッド・ドッグの姿を見てがっかりした。もう行ったと思っていたのに。近づいていくと、緑色の上向きの矢印が点灯し、ドアがスッと開いた。パネル張りのエレベーターに、彼女に続いて乗り込む。

「何階？」３と書かれた丸いボタンを押しながら彼女はたずねた。

「三階だ」くそっ。ホテルだけではなくて、フロアまで同じとは。

シューッという音とともにドアが静かに閉まり、密室に二人きりになった。心地よい音楽が流れている。真ちゅうのドアに彼女の姿が映り、そっと目を閉じたのが見えた。彼女も同じぐらい疲れているようだ。

「今日こんなジョークを聞いたわ」マデリンは目を閉じたまま言った。「会計士の定義は？」

「ぜひ知りたい——と言いたいところだが、会計士のジョークなら、大学での専攻を宣言した日から聞かされ続けてきたからね。きみにわざわざ教えてもらうには及ばない」

彼女はくちびるの片端を持ち上げてにやりとした。「そんなことないわ。会計士は、あなたがその存在に気づかなかった問題を探し出して、理解できない方法で解決する人よ」

「なるほど。そいつはきついな。コンサルタントの定義を知ってるかい？」彼女が答える前に続けた。「コンサルタントは〝すべて順調のようです〟とは絶対に言わない人種だ」

驚いたことに、マデリンはクスクスと笑った。「私が言おうとしたのに。会計士と吸血鬼の違いは？」

「吸血鬼が血を吸うのは夜だけってやつだろう。本当に全部知ってるんだ。じゃあこれはどう？　コンサルタントが絶対に言わないのは――」

「〝そのとおりです。こちらの請求額が多すぎます〟」彼女は目を開け、真ちゅうのドアに映ったジャックを見た。二人の視線が合う。「私も全部知ってるわ」

エレベーターが止まり、ドアが開いた。ジャックは片方の腕を広げて、マデリンに先に出るようにうながした。彼女は眉を上げ、出ていきながら「礼儀正しいのね」とつぶやいた。

ジャックもそれに続きながら、彼女が通ったあとに、かすかだが、すごくいい香りが残っていることに気づいた。この香りはなんだろう……クッキーか？　ちくしょう、クッキーは大好物だ。腹がグーッと鳴った。

「吸血鬼だからって、マナーを知らないわけじゃないさ」

「認めたわね」

「マナーを知ってることを？」

「吸血鬼だってことを」

ジャックはマデリンの首筋を見つめ、そのやわらかそうな肌に嚙みついて、香りと同じぐらいおいしい味がするかどうかを確かめたいという、やっかいで不適切かつ突発的な衝動に襲われた。「〝そのとおりです。こちらの請求額が多すぎます〟とは絶対に口にしないと認めたコンサルタントが、よく言うな」

ジャックは壁の表示で部屋の場所を確認し、右へ曲がろうとすると、マデリンも同じ方向に踏み出した。参ったな。同じホテル、同じフロア、さらに部屋までも近くとは。ジャックは三一四号室の前で足を止めた。「では、おやすみ。朝六時にロビーで会おう」

マデリンはちょうど廊下を挟んで向かい側の三一五号室の前で止まり、肩越しに振り返った。きちんとまとめた髪から、おくれ毛がひとすじ頰に落ちている。青白い顔にかかった茶色い線が、なぜだか彼女を人間らしく見せていた。「おやすみなさい」彼女は部屋に入り、カチャッという音とともにドアが静かに閉まった。

ジャックは自分の部屋のドアが背後で閉まった瞬間、安堵のため息をもらした。まずはミニバーに直行し、水のボトルとピーナッツ入りのM&M'Sの袋を手に取った。チョコレートをいくつか口に放り込み、それを冷たい水でゴクゴクと流し込むと、電話をつかんでルームサービスを注文した。それだけでもうチーズバーガーとポテト、コールスロー、チョコレートブラウニーの味が口中に広がるようだった。何時間も前に食べた夕食のターキーサンドは、すっかり遠い記憶となっている。

ベルボーイはすでにスーツケースを運び込んでくれていたので――迅速なサービスとはまさにこのことだ――ジャックは靴を脱ぐ間ももどかしく、スーツのジャケットを肩からすべり落とした。近くのイスにジャケットを放り投げ、ゆるめてあったネクタイをほどき、シャツのボタンをすばやくはずしながら、部屋を見回した。落ち着いたアースカラー、部屋を明るく見せている、海の景色をとらえた額入りのすばらしい写真、趣味のよいチェリー材の家具。中でも最高なのは、妖精セイレーンのように彼を深い眠りにいざなう、キングサイズのベッドだ。

ボタンをはずしながら、テレビの金融情報番組にチャンネルを合わせ、株式市場が上向きになっていることを知った。こんな日でも一つはいいことがあったわけだ。テレビから目を離さず、チョコレートを口に放り込みながら、スーツケースのファスナーを開けた。食事を待つあいだに荷ほどきを終えてしまおう。

テレビに気を取られたまま、いちばん上に入れておいたお気に入りのブレーブスのTシャツを取ろうとスーツケースに手を入れた。手もとを見たとき、あごの動きが止まり、まばたきをした。Tシャツの代わりに、小さな黒いレースの布きれが手の中にあった。これは……Tバックか？

なぜこんなものが？　明らかに彼のTシャツではない、きゃしゃな布きれを持ち上げ、しかめっ面になった。間違いなくTバックだ。ひどくセクシーな。絶対に自分のものではない。

スーツケースを見つめ、ほかのものを取り出してみた。スウェットパンツの代わりに、さっきのTバックとペアの黒いレースのブラが出てきた。頭がぼうっとしたまま、ブラをもとに戻すと、上のほうに入っている荷物を調べた。セクシーなコルセットのようなもの。消防車を思わせる、赤地のシースルーのもの。それからマッサージオイルのびん。三六個入りのコンドームの箱。『恋人をよろこばせる五〇の方法』という本。本の上にはメモがあった。読むつもりはなかったが、その短いメッセージに目を走らせた。〝おじけづいてはダメよ！　勇敢に！　大胆に！　セクシーな消防士との一夜かぎりの恋を楽しんで。きっと気分がよくなるわ。月曜のランチで報告してね。さあ、勇気を出してゲットするのよ！　エマより〟

ほう、誰かさんはセックス漬けの週末を期待しているらしい。よく見てみると、彼のものとブランドまでまったく同じスーツケースだ。あることに気づき、その瞬間凍りついた。ベルボーイは二つのスーツケースしか台車に乗せていなかった。ジャックのと……。

マッド・ドッグのスーツケースだ。

おいおい。このセクシーグッズの詰め合わせが、あの冷徹な女性のものだって？　冗談だろ。

指先にぶらさがっているTバックをじっと見つめた。突然、想像力が暴走し、泥みたいな色のスカートの下に隠された曲線美が、このきゃしゃな黒いレースを膨らませている映像で頭がいっぱいになる。すると、ジャックの中の男の部分が残らず呼び覚まされた。

あのしゃくにさわる氷のようなコンサルタントが、地味で野暮ったいスーツの下にこんなものを着てるのか？　なんてことだ。有名なヴィクトリアズ・シークレットの下着だ。ジャックは開いたスーツケースに視線を戻し、考えるより前に手を伸ばして黒いレースのブラのカップの部分を指でなぞった。ジャックの自制心が急に息を吹き返した。おいおい、手を離すんだ。彼女の下着に触るなんて……まずいぞ。お前はなんだ、変態か？

下着がいきなり炎に包まれでもしたかのように、ジャックは慌てて手を引っ込めた。もちろん変態ではない。少なくともこのスーツケースを開ける前までは。下着に触ったのは……単なる好奇心と驚きのせいだ。堅物の誰かさんが一夜かぎりの恋を求めていたとは、考えてもみなかった。今週末、ここで消防士のゴルフトーナメントが行われることは新聞で読んだ。当然、マデリンも見たのだろう。それでも、マッド・ドッグはあの女教師みたいな服の下に、実用的な白いコットンのパンツをはいているはずだと思えた。自分の企業年金のすべてを賭けてもいい。とはいっても、彼女の下着や下着姿を想像したことがあるわけじゃないぞ。とんでもない。

おい、認めろよ。あのばかげた賭けをしてから、何度も想像してたじゃないか。わずか二〇分前にも、彼女の脚をじろじろ見ていやらしいことを考えていたくせに。

確かにそうだ。でもあのときは、マデリンの脚やヒップだとは思わなかったんだ。

でもくちびるを見つめていたときは、彼女のものだと知っていただろう。内なる声がささやく。

うるさい声め。どうして嘘を許してくれない？　たまにはいいだろう？　髪を指で掻き上げようとして、まだTバックが指にからまっているのに気づいた。ジャックはレースのセクシーな布きれを見つめてうなった。マデリンのこんな秘密を知りたくなかった。地味で堅苦しい服の下にこんなものを着ているなんて考えたくもない。それも消防士を一夜の冒険に誘惑するために。ちくしょう、彼女のことなんて考えるのもいやだっていうのに。Tバックをもとに戻して、スーツケースのファスナーを閉めて、信じがたいほどセクシーな下着を彼女に返さなくては。そうだ、それがやるべきことだ。ここにぼうっと立ってじっと見つめていたり、夢想にふけっているよりはずっと建設的だ。

自分に腹を立てながら、Tバックをしまって、スーツケースのふたをバサッと閉じた。たった一〇億分の一秒でもマッド・ドッグの夢想にふけるなんて、頭がいかれていたからに違いない。ジャックはファスナーを閉めて一歩下がった。そうだ、これでいい。

当然、マデリンはぼくのスーツケースを持っているということだ。とっさに何を入れたか思い出して、ジャックはうなり声を上げた。彼女がスーツケースを開けたら、きっといろんな疑問を持つだろう。あまり答えたくない疑問を。しかし……ドアをノックしてこないところを見ると、まだこの〝二つのスーツケース事件〟には気づいていないかもしれないぞ。うまくいけば間に合うだろう。

ジャックはマデリンのスーツケースをつかんでドアに向かった。

5

待望の熱いシャワーを浴びると、首筋の緊張がずいぶんとほぐれた。マデリンは濡れた髪にさっとブラシをかけ、備えつけの厚くてやわらかい、ぜいたくなパイル地のバスローブに身を包む。予定よりも到着が遅れたけれど、〝消防士をつかまえるためのドレス〟に着替えてバーをのぞく時間は十分あった。着替えをしながら、エマのはげましのメモと、彼女が景気づけにくれた本『恋人をよろこばせる五〇の方法』に目を通そうと思った。おじけづきませんようにと祈りつつ。

バスルームから出るとミニバーが目に入り、お腹がすいていることに気づいた。かなり。職場で夕食として食べた質素なサラダは、ずいぶん前に消化してしまっていた。いやだわ。今食べたら、全部お尻について取れなくなっちゃう。

まあいいか。ルームランナーはそのためにあるんだから。

ピーナッツ入りのM&M'Sの袋を手に取り、一つ口に放り込みながらスーツケースのファスナーを開けた。今夜の相手を見つけられたら、明日のオリエンテーリングまでに眠る時間はほとんどないだろう。ウエッ。それも朝の六時から。ウエッの二乗。しかも、ジャック・ウォーカーと。ウエッの三乗。

彼の言葉が耳にこだました。〝仕事以外の人生がある人間もいるのさ〟傲慢なやつ。あんな遅い時間にチェックインするのも不思議じゃない。きっと、お相手をしなくちゃいけない女性がごまんといるんでしょうよ。でも、私にだって仕事以外の人生がある。それもこの週末、まだ見ぬ消防士のおかげでずいぶんとエキサイティングになりそうな人生が。

新しく買ったランジェリーを見ようと、スーツケースを開いた。そして目が釘づけになった。見たことがないほど貧乏くさいTシャツに。石斧のマークからアトランタ・ブレーブスのTシャツなのは分かったが、文字はほとんど消えかかって、〝Braves《ブレーブス》〟が〝3 aves《スリー・アヴェス》〟に見えた。いったいどういうこと？ Tシャツをどける。ちょっと、誰が『恋人をよろこばせる五〇の方法』の代わりに、『ソウルメイトを探すには』を入れたの？　セクシーなランジェリーとコンドームも消えていた。代わりに入っていたのは、巨大なスニーカーと『四歳児の育て方』というタイトルの薄いハードカバー本だった。

明らかに誰かのスーツケース――。

マデリンは目を閉じて、おでこをぴしゃりと叩いた。

ああ、なんてこと。

ベルボーイがジャックのスーツケースと間違えたんだわ。ふたを閉め、ブランドのラベルを見る。正解。まったく同じ。つまりジャックは私のスーツケースを持っているってことね。コンドームでいっぱいのスーツケースを。それから、ランジェリーとセクシーな本も入っている。

それに、エマのメモのおかげで一夜の相手探しの計画もバレバレってわけね。

首筋が熱くなって、とたんにマデリンはイライラした。あれを全部見られたらどうだっていうの？　彼にはまったく関係ない。ファスナーを閉めようとつまみに手を伸ばしたが、さっき目にした二冊の本のタイトルを思い出してためらった。きっと見間違いだわ。説明できない好奇心に駆られて、スーツケースをもう一度開けた。

ブレーブスのファンのようね。それは別に意外じゃない。もう一度見てしまったのは本のせいだ。グラマーな女性が表紙の、読み古したメンズマガジンが出てくるものと思っていた。ジャック・ウォーカー、またの名をランチタイム・セックスマシーンが、『ソウルメイトを探すには』を読むなんて、全然しっくりこない。さらに驚きなのは、四歳児のための育児書だ。ジャックに子どもが？　オフィスのうわさでは彼は結婚していないはずだ。彼が父親だなんて考えたこともなかった。

「私の知ったことじゃないわ。大体、誰が気にするのよ？」マデリンはつぶやきながらスーツケースのファスナーをしっかりと閉めた。勝手に口から出た言葉とは裏腹に、好奇心を抑えることはできなかった。あの二冊の本はジャック・ウォーカーのイメージとはまったく合わない。別に構わないけど、ただ……驚いただけ。このスーツケースをさっさと返して、自分のものを取り返したほうがよさそうだ。

マデリンは自分の姿を見下ろして顔をしかめた。フワフワのバスローブ姿でジャックの部屋のドアをノックしたくはなかったけれど、もう一度スーツを着るのもいやだった。それに、彼がドアをノックしてこないところを見ると、まだスーツケースを開けていないかもしれない。もしそうなら恥ずかしい思いをしなくてすむ。恥じることなどないと思いつつも、ジャック・ウォーカーがあのセクシーなランジェリーを目にすると考えるだけで、マデリンはそわそわするような熱さを感じた。だが、その正体を詳しく知りたくはなかった。それに、バスローブはセクシーとはほど遠い代物だ――セメントみたいに、しっかりとあごの下から脚のすねまでを覆っている。

カードキーをポケットに入れ、憎らしい双子のスーツケースの片割れを引いてドアに向かった。廊下を横切ると、三一四号室のドアを勢いよくノックする。ドアの近くに立っていたのではないかと思うほどすぐに、ジャックがドアを開けた。

「ベルボーイが私たちの……」ちらりとのぞいた男らしい胸板に視線が釘づけになり、言葉がしりすぼみになった。シャツの裾がズボンから出て、前ボタンがはずれていたからだ。マデリンは目をぱちくりさせた。なんて、いい眺め。

手を伸ばしてシャツの前をぐっと開けて、もっとよく見たくてムズムズする。その胸筋と腹筋を見れば、ジャックがいくら忙しくても体型を保つために十分な時間をさいていることがよく分かる。本当に、いい体。

まばらな黒っぽい胸毛が集まって漆黒のリボンとなり、筋肉の盛り上がった腹部のまんなかを通って、やがてチャコールグレーのズボンのベルトの下へと消えていた。甘美なほどに男性的で、それでいてシルクのようにやわらかそうなその道筋をたどってみたいという突然の衝動に駆られる。自分の舌で。

ちょっと！　いったいどこからそんな考えが？　きっと日照り状態によるモヤモヤが幻覚を作り出しているんだわ。マデリンはジャックの顔に視線を戻そうと努力した。本気で努力したけれど、まるで目が自分の意思を持ってしまったかのように、さらに下へと進んでいきたいと望んでいた。チャコールグレーのズボンを越えて……いやだ、ボタンがはずれてる。つばを飲み込もうとしたが、喉が完全にカラカラだった。視線はさらに下へ、長い脚、そして大きな足を包む薄手の黒いソックスへと移っていった。大きな足の男の伝説、知ってるでしょ、マデリン？

体がカーッと熱くなり、勝手に動く目を意志の力でなんとか上に戻した。それでもあまり事態は変わらない。うっすらと無精ひげの伸びたがっしりしたあご、じれた女性の指でくしゃくしゃにされたように乱れた髪、無造作にゆるめられた服が、ジャックをトリプル・ファッジ・ブラウニーよりもおいしそうで退廃的に見せていた。普通に考えて、今まで彼よりセクシーな男性に会ったことだってあるはずだ。なのに、それが誰だったかまったく思い出せなかった。CFOの仕事がうまくいかなくても、『ピープル』誌の〝現在活躍するもっともセクシーな男性〟特集で即採用されるだろう。

そこで急に腹が立ってきた。いったい、私ったらどうしたっていうの？　セクシーな男なんてそのあたりに山ほどいるわ。そう、まさにこのホテル、この週末に。

目の前に立っているこの男もなかなかよ。突然、完全に目覚めたおしゃべりなホルモンが割って入った。

そうね。でもこの男に、どうしてはじめて会ったみたいにジロジロ見られなきゃいけないの。怒りがふつふつとわいてきた――ありがたいことに、そのおかげで喉もとをつかむような欲望をなんとかしずめることができた。確かに、私はまともな格好じゃない。髪だって濡れたままで、きっと電球のソケットに指を突っ込んだみたいに見えるだろう。彼がこんなにセクシーでおいしそうだっていうのに、私はバスで引きずり回されたかのようなひどい有り様。だったら何よ？　だからといって、悪魔の角や第三の目でもついているみたいに私を見ることはないじゃないの。

ジャックは焦点の合っていない目で――まるでたった今、頭を強く殴られたよう――彼女にくまなく視線を走らせている。マデリンは全身がカラカラになるほど熱くなり、身もだえしたいほどだった。ジャックはマデリンの全身に、裸足のつま先まですばやく目を走らせて、それから視線を上に戻した。二人の視線がついに合ったとき、ジャックはいらだちと困惑の混じった声で言った。

「服を着てないね」

ジャックに何を言ってほしかったのか分からないが、明らかにこのセリフではない。腹を立てているにもかかわらず、いたずらっぽいささやきが勝手に口をついて出た。「裸にはほど遠いわよ」

そんなことは絶対にありえないけれど、まるで炎にそっくりのものがジャックの瞳にパッと燃え上がった。彼の瞳は、この上なくすてきなダークブルー。たそがれどきの雲のない空のような。

「それに」マデリンは付け加えた。「着るものの選択肢がたっぷりあるとはいえない状況なの。あなたが私のスーツケースを持っているんだから」マデリンはジャックのスーツケースを前へ押し出した。「そして私があなたのをね」

ジャックが下を向いたので、そちらに目をやってはじめて彼もスーツケースを手にしていることに気づいた。脳細胞をまひさせ、欲望を目覚めさせるようなジャックの裸の胸板に気を取られていなければ、すぐに気づいたはずだ。

「ぼくもちょうど返しに行こうと思っていたところだ」

マデリンは顔をしかめたいのをかろうじてこらえた。参ったわ。もうスーツケースを開けたってわけね。そして私のことを、セックスに飢えた、もの欲しそうな女だと思っているんだわ。

あなたはセックスに飢えた、もの欲しそうな女じゃないの、と残酷なほど正直な欲望が言った。

確かに。少なくとも、まだ見ぬ消防士との一夜かぎりの関係を計画するぐらい飢えてる。でも、ジャック・ウォーカーには知られたくなかった。

そんなに気にすることないわ、と欲望が茶目っ気たっぷりに続ける。男は、女がセックスに飢えてるのを喜ぶものよ。

言い返そうとした瞬間、お皿がカチカチと触れ合う音に気を取られた。振り返ると、リゾートのダークグリーンの制服を着た若い男性がルームサービスのワゴンを押しながら近づいてきた。彼は、バスローブ姿のマデリンとシャツのボタンをはずしたジャックの姿をチラリと見ると、分かってますというように目を光らせた。

やれやれ。このホテル内でもう一人、私がこれからセックスをするんだと思っている男性が増えたってわけね。今はまだそう決まったわけじゃないから、余計に腹が立つ。

「テーブルにセッティングしましょうか、ウォーカー様？」ボーイはたずねた。

「それともバルコニーはいかがですか？　晴れて美しい夜ですよ」

マデリンとジャックは脇に寄り、ボーイを通した。グリルで焼いたばかりのおいしそうなにおいが、彼のうしろにふわりと漂う。そのあまりに魅力的なにおいに、マデリンのひざはくずれ落ちそうになった。マデリンはワゴンをちらりと見て、銀のふたをかぶせた皿が四つも載っているのに気づくと、眉をぐっと上げた。ジャックはめちゃくちゃ空腹なのか、でなければ誰かが来る予定なのか。どちらかは分かりきっている。金曜の夜の予定をキャンセルしなかったようね――場所を変更しただけ。不思議と驚きはないけど。さあ、お相手が来る前にさっさと退散しなくちゃ。

ジャックはボーイのあとについて部屋に入り、マデリンもジャックのスーツケースをうしろ手に引きながら部屋へ一歩入った。廊下をふさがないため――決してワゴンから漂うよだれが出そうなにおいをもう一度嗅ぐためではない――と言い訳しつつ。ジャックがズボンの尻ポケットに手を伸ばして札入れを抜いた拍子に、シャツがはだけた。

ああ、どうしよう。その美しい筋肉をかいま見て、マデリンは表面は平静を保っていたが、鼓動が速くなり、銃弾が飛び出すように血液が血管をシュワーッと勢いよく流れていった。

ジャックがチップを渡すと、ボーイは礼を言い、部屋を出るときにマデリンにおやすみなさいとつぶやくように言った。カチャッとドアが閉まり、マデリンとジャックだけが残された。おそろいのスーツケースと、それから、すばらしいにおいのルームサービスと一緒に。ふいによだれがわいてくる。ジャックの美しい瞳やゴージャスな体のせいじゃないわ。絶対にそんなわけない。熱っぽい、何かを押し殺したような、ドキドキさせられる目のせいでもない。そう、私の首にポークチョップでもぶら下がっていて、それを見つめるオオカミみたいなあの目。

ジャックはその場に立ちつくし、言葉が――少なくとも適当な言葉が――出ないままマデリンをじっと見つめていた。〝きみはいったい誰だ、マッド・ドッグに何があった？〟ではまったくそぐわないし、〝きみ、とってもセクシーだね〟でもない。

実際、彼女はセクシーだ。ドアを開けて彼女がそこに立っていたとき、最初は誰か分からなかったほどだ。でも、堅苦しくて、髪をひっつめにして、地味な服装でめがねをかけているマッド・ドッグと、乱れた髪の、チョコレート色の瞳のこの妖精とが同一人物だと分からなかったからといって、誰もジャックを責めないだろう。彼女は明らかにシャワーから出たばかりで、かじりつきたくなるほどいいにおいをさせていた。

ジャックがルームサービスだと思ってドアを開けて彼女の姿を見たとき、はじめは〝誰だか知らないけど、チーズバーガーよりずっとおいしそうだ〟と感じた。それからその女性がスーツケースのことを話したのでマデリンだと気づき、レンガで頭を殴られた気がした。それからずっと頭がふらふらしている。髪を下ろしてめがねをはずし、あの堅苦しいスーツを脱ぐだけで、これほど違うものなのだろうか？　まるで女性版クラーク・ケントみたいだ——堅物そうなめがね、髪、服を変えるだけで、パッ！　スーパーウーマンの登場だ。

それにしても彼女は本当に魅力的だった。こんなにシルクのようにつややかなカールした髪を誰が想像できただろう。それからこんなに丸くて大きな瞳も。彼女の瞳がなめらかなチョコレートの色をしていることになぜ今まで気づかなかったのだろう。ふわふわしたバスローブに包まれて、まるで開けられるのを待っているプレゼントみたいだ。シャワーを浴びて服は全部ここにあるということは……マデリンの腰に巻かれたベルトに視線を落とした。つまり、あの下にはおそらく何も着けていないはずだ。

ちくしょう。なんだか暑いな。

マデリンの声で空想から引き戻され、バスローブから目を離して彼女の顔を見た。何か言ったようだが、まったく理解できなかった。

咳払いをして、ぼうっとした頭でやっとの思いで言葉をしぼり出す。「え?」

「これがあなたのスーツケースよ。私のを返してもらえる?って言ったんだけど」マデリンはジャックのスーツケースをテレビの隣に置いた。

「ああ、そうだね。もちろん」くそっ。話し方まで、頭をぶん殴られたみたいにしどろもどろだ。ジャックはスーツケースを押し出した。マデリンがハンドルを取ったとき、二人の指先が軽く触れた。すると、ジャックの腕をジリジリと焼けるような感覚が上がってきて、余裕があったら笑いたいほどだった。

「ありがとう」マデリンは言い、ルームサービスの載ったテーブルにチラリと目をやった。「楽しい予定があるみたいね。私も同じよ。すてきな夜を。また明日会いましょう」

ジャックが言葉を返す前に、彼女はドアを開けてさっさと廊下を走っていってしまった。ランジェリーとコンドームでいっぱいの、熱い一夜の準備ばっちりのスーツケースを引いて。ジャックはのぞき穴に目を当てて、彼女が部屋へ入っていくのを見届けた。

ジャックは振り返って、待ちに待ったディナーに向かった。楽しい予定？チーズバーガーと金融ニュースが？ 肩をすくめてポテトをつまむ。それからしかめっ面をした。彼女こそ、お楽しみの予定じゃないか。つやつやとカールした髪、大きな目と、あのランジェリー。マデリンは一夜かぎりの相手を探していて、喜んで引き受ける男はきっと見つかるだろう。まるで嫉妬のような感覚がジャックをチクチクと襲う。こんなふうに感じるなんて、ありえない。彼女が何をしようと興味などないはずだ。ことによると、もう部屋に男がいるかもしれない。

なんてラッキーな男だ、と心の声が言った。

なんだって？ どうやら空腹のせいで頭がおかしくなったらしい。チーズバーガーを食べればきっとよくなるだろう。ベッドの端に座ってハンバーガーを取り出し、大口でかぶりつく。味は最高だったが、画面に映っているものを見るでもなくテレビを見つめ、機械的に口を動かしている自分に気づいた。これもすべて、〝バスローブじゃもの足りないミス・セクシー〟が今、廊下の向こうで何をしているのだろうと気になっているからだ。

ジャックはイライラしてテレビを消し、黙って食事を済ませた。最後のブラウニーを平らげたとき、廊下の向こうでドアが開くような音がした。ジャックは急いでドアのところへ行き、のぞき穴に目を当てた。以前にマッド・ドッグと呼んでいた、セクシーな妖精が廊下に立っていて、消防車のように真っ赤な小さなハンドバッグにカードキーをすべり込ませていた。バッグとよく合う大火事のように赤いドレスは体のラインをはっきりと浮かび上がらせているので、〝この先、危険なカーブあり〟と警告をつけておく必要がありそうだった。

本当にスーパーウーマンだ。

そして彼女には今夜、〝楽しい予定〟がある。

カードをしまうと、マデリンはエレベーターのほうへ向かった。

どこへ行くんだ？　おそらくバーだろう。山ほどの消防士がいる場所。燃えているものを見たらすぐに反応するやつらだ。

ジャックはふいに疲れが吹き飛んだ。いや、正確には、突然ビールが飲みたい気分になった。このホテルに最高級のバーがあるとは、じつにラッキーだ。

6

マデリンはバーのスツールに腰かけ、ワインを一口含んで、自意識過剰にならないように努力した。セクシーでハンサムな消防士と一夜かぎりの関係を持つのは、理論上はすばらしいけれど、いざ実行に移すとなると自信がなくなってきた。エマがニワトリのまねをするのが聞こえてきそうだったが、実際、バーに一人きりで来るという冒険をしたことが今まで一度もなかった。夜のバーに来るのは、デートか、女友達と出かけるときだけだった。

〈カサ・ディ・ラーゴ〉のバーは男女で混み合っていた。ざっと見た感じでは、女性と男性が二対一の割合で、女性のほうが明らかに多い。つまり、この週末、ここに消防士がたくさん集まることを知っているのは、私だけではないってことね。バー全体が、笑い、会話、グラスをカチンと合わせる音、控えめなジャズの音でざわめいていた。

少しくつろいで人々を観察していると、すごく魅力的な男性が実際に何人かいた。あとは、そのうちの一人を選んで、相手も同じ気持ちであることを祈るのみ。大丈夫。きっとできる。

「こんばんは」隣で男の声がした。「一杯、ごちそうさせてもらえないかな」

振り返ると、背が高くてたくましい、薄茶色の髪のハンサムな男性が、はっきりと興味のこもった目でこちらを見つめていた。口もとを歪めた笑顔が魅力的だ。

「もう飲み物はあるの」すぐに言葉が出て、マデリンはワインに手を伸ばした。

「でも、ありがとう」と言って、ワイングラスに鼻をうずめた。

「いや、どういたしまして。楽しい夜を」

男性は人ごみの中に消えていき、マデリンは長いため息をついた。うーん、あまりうまくいったとはいえないわね。だって緊張しちゃったんだもの。次はもっと落ち着いてできる。

数分後、別のハンサムなたくましい男性が現れて、すぐに次の機会がやってきた。ほんとに、消防士っていうのはどうしてこんなに魅力的な人ばかりなのかしら。毎日、何を食べてるの？　カレンダーのモデルをしてる人が多いのもうなずける。

「やあ」彼は気を引くような笑顔を見せて言った。「ぼくはデイヴ」

パニックに近い感覚がマデリンの胸のあたりでざわめいた。「こんばんは、デイヴ。私、人を待っているの」

彼はさらに笑顔を見せて「ああ、そうなんだ。それじゃあ」と言い、消えていった。マデリンは心の中でおでこをバシッと叩いた。いったいどうしたのよ？　二人とも、ハンサムで好感が持てたのに。どうしてチャンスを与えなかったの？

さみしくて飢えているとはいえ、一夜かぎりの関係なんてあなたには向いてないからよ、と心の声が言った。

ふん、くそくらえよ。そうじゃなかったらどんなによかったか。エマのように勇気のある、外向的な性格は持ち合わせていなかった。知らない男性とベッドをともにすることを想像すると、興奮するどころか気持ちがなえてしまう。

デイヴももう一人の男性も十分ハンサムだったのに、性的には全然反応しなかった。

「そろそろ退散するときだわ」ワインに手を伸ばしながらつぶやいた。もう一口飲んだらここを出よう。そのとき、背の高い、ハンサムなブロンド男性と目が合った。彼は部屋の反対側に立っていて、同じくハンサムな四人の男性と小さな円テーブルを囲み、みんなビールのボトルを持っている。彼は完璧な歯を見せてこちらに微笑んだ。本当にとんでもなくハンサムだけれど、さっきの男性たちと同じく、よく分からない理由でマデリンの気持ちは燃え上がらなかった。

失礼だと思われないように微笑み返したが、彼がビールを手に取り、グループを離れてこちらに向かってきそうな気配を見せたので、すぐにそれを後悔した。すると、彼の視線がマデリンの肩の上あたりに移った。彼はためらい、謝るような表情をしてから、友達のほうへ向き直った。

どうして？　何が起こったのか理解する前に、隣に誰かがすべり込んできた。そして聞き慣れた声が言った。「デートのお相手は、きみがあのブロンド男に微笑むのを喜ばないんじゃないかな」

マデリンが振り返ると、そこにいたのはジャックだった。シャツとズボンのボタンをきちんと留めた――まあ残念――彼は、腹が立つことに、そこにいるだけでマデリンの心臓をバクバクさせた。今や緊張は消え去り、頭の中が腹立たしさでいっぱいになって、マデリンはジャックを焼きつくさんばかりにジロリとにらんだ。ジャックは意に介さない様子で落ち着き払ってバーテンダーにビールを注文し、こちらを向いて言った。「さて、きみのお相手はどこだい？」

マデリンは目を細めた。エマのメッセージを読んでいないなんてことある？いや、そんなはずはない。「あなたにはまったく関係ないことだけど、あなたがここに来なければ、あのブロンド男性がその相手だったかもしれないわ。スーツケースを開けたのなら、もう知ってるんでしょう」

ジャックはマデリンを穴の開くほど見つめた。「ああ、知ってる。メモを読む気はなかった。言っておくけど、目に入る場所にあったんだよ。いちばん上に」

あら、少なくとも認めたわ。マデリンはいよいよ〝正式に〟屈辱を感じ、それが激しいいらだちに変わった。こんな気持ちを味わう必要などないのに。

ジャックはさっとあたりを見回した。「このバーにいる男の数からすると、苦労しなくてもよさそうだな」彼女のドレスにチラッと目をやってから付け加えた。「特にそのドレスなら」

マデリンは目を細めた。「私のドレスが何か？」

「なんでもない。きみは……えーと、すてきだよ」

突然笑いが込み上げてきて、マデリンはむせそうになった。

「あら、ありがとう。〝えーと、すてきだよ〟の驚いた言い方が、ほめ言葉を引き立てていたわ。ところで、さしつかえなければお帰りいただけない？　あなたの大きな図体が、少々じゃまになっているんですけど」

彼は耳が聞こえないのか、帰ってほしいと言われるのに慣れているのか、カウンターに寄りかかって、まるでパズルを解こうとしているように彼女をじっくりと観察し続けた。「少なくとも、今はあのランジェリーも納得できるな」

顔が一気に熱くなり、マデリンはさらにイライラした。「私のランジェリーのことはあなたに関係ないでしょう」大げさに周りを見回した。「ところで、あなたのお相手は？　きっとさみしがってるわよ」

「相手がいるなんて、どうして思ったんだ？」

「ルームサービスのワゴンに、グラスが二つと、軍隊を満足させられるほどの食事が載っていたから。いいヒントだと思うけど」

「悪いね、ホームズ。でもあれは、ぼく一人分だよ。チーズバーガーにポテト、コールスローサラダ、それから砂糖をまぶしたブラウニー」ジャックは平らな腹をなで下ろした。「おいしかったよ」

「血管には悪そうね」

「そうだね」ジャックは笑みを浮かべた。「でも心にはいい」

お尻については言うまでもない。

どうしてこの人の笑顔を見ると脈が暴れ出すんだろう？　あのハンサムなブロンド男性のときはなんともなかったのに。純粋に客観的に見れば、ブロンド男性のほうがジャックよりもハンサムだ。でも、理由は分からないけれど、ホルモンが暴れてしまうのはジャックなのだった。多分、さっき偶然に裸の胸板を見てしまったせいだわ。ブロンド男性の胸や腹だって、同じぐらいすばらしいはず。

そんなの、どうでもいい！　私たちはジャックが好き、とマデリンのホルモンがわめいた。

おやおや、それはまずいわ。

それに、ジャックは知ってる相手だし。知らない悪魔より知っている悪魔のほうがましって言うでしょう、とさらにホルモンは訴える。

「うるさいわね」マデリンはつぶやいた。

ジャックが眉を上げた。「ぼくは何も言ってないけど」

「ごめんなさい。あなたに言ったんじゃないの」

「じゃあ、誰に？」

言ってしまったほうがいいかも。頭がおかしいと思ったら、どこかへ行ってくれるだろう。「おしゃべりな心の声よ」

頭がおかしい人を相手にしたかのように逃げ腰になる代わりに、ジャックはうなずいた。「ぼくにもそういう声が聞こえるよ」読み取れない何かが彼の目にちらりとのぞく。「最近、心の声に黙れと言わなくちゃならないことが多くてね」

興味がムクムクとわいてきたが、マデリンが質問をする前にバーテンダーがビールをジャックに渡した。ジャックはボトルを持ち上げて言った。「ぼくたちの賭けに。最高の男の勝利を願って」

マデリンはワイングラスを首の長いビールのボトルにコツンと合わせた。

「彼じゃなくて彼女の勝利を願って」

ビールを一口飲むと、ジャックはカウンターに背中をもたせかけて、また彼女を観察した。「完全に正直になってもいいかい？」

「完全にいなくなってくれたほうがうれしいんですけど」

ジャックはいやな顔をするどころか微笑んだ。「女性はいつも正直さを求めてると思ってたけどね。〝これ着るとお尻が大きく見えるかしら？〟みたいな質問をするときは別として。だから……正直なことを言ってもいいかな？」

「どうぞ。男性から正直な言葉が聞けるなんて、めったにないことだもの」

ジャックはマデリンの体の上から下へ、下から上へと視線を走らせた。「きみには驚いたよ。というか、スーツケースの中身に」

「あなたのスーツケースの中身にも同じ言葉をお返しするわ」

「そうかい？　スニーカーとトレーナーのどこがめずらしい？」

スニーカーの大きさを思い出し、マデリンは頬を染めた。「あなたの本のことよ」

「『恋人をよろこばせる五〇の方法』をスーツケースにしのばせている女性がそんなことを言うとはね。ぼくの中身なんかより、そっちのほうがずっと興味をそそる」

「何度も言うけど、あなたには関係ない」

「分かってる。でも好奇心なんだ。厳しい真実を打ち明けよう。いいかい？会った初日から、きみのことを堅物で、几帳面で、神経質で頑固な、女教師タイプだと思っていた。だけど、きみのスーツケースの中身と、今夜このバーで出会いを探そうとしていることを知って、今までの印象が吹っ飛んでしまったよ」

「なるほど。そうね、あなたの厳しい真実をふまえて、私からもお返しするわ。会ったその日からあなたのことを、女をもてあそぶタイプの、あちこちの港に女がいる、私の嫌いなプレイボーイだと思っていたわ。でもあなたのスーツケースの中身を見て、もしかしたらそれほどひどい男じゃないのかもと思いはじめてる」

「ありがとう。提案なんだけど」ジャックはマデリンの目をしばらく探るように見つめて言った。「ギャビンはぼくたちが仲良くなるようにとここへ送った。それなら、明日の朝まで待たずに、今はじめたらどうだろう？　少なくとも、お互いに対する先入観の一部は間違っていたようだし、はじめからやり直すべきじゃないか。敵対関係のＣＦＯとコンサルタントとしてではなくて、ただの……きみとぼくとして。仕事では対立しているが、今は仕事中じゃないんだから」彼は手を差し出して微笑んだ。「はじめまして、ジャック・ウォーカーです」

すぐにマデリンは疑いでいっぱいになった。ジャックが私を嫌っていることはいやというほど知ってる。でも今は、私に魅力を振りまいている。どうして？　何かを隠しているに違いない。でもいったい何を？

そう疑いながら、同時に強く意識せずにはいられなかった。ジャックを。彼がこちらを見つめる目を。まるで彼女にはじめて会ったみたいに、まるで本当に興味があるみたいに、好奇心を掻き立てられているみたいに見つめている。あなたが彼に好奇心を掻き立てられているのとまったく同じ、とマデリンの心の声が言った。間違いなくジャックは、何かのゲームを仕掛けてきている。きっとそうだ。それなら一緒に楽しんだらどう？　少なくとも好奇心は満たされる。彼が仕事での対立を一時休戦することができるなら、私もできるだろう。

マデリンは手を伸ばして、しっかりとビジネスライクな握手をした。でも、ジャックの大きなあたたかい手に包み込まれると、腕にビリビリするような刺激が上がってきて、とてもビジネスライクではいられなくなった。マデリンは声を出そうとつばを飲み込む。「はじめまして、ジャック。私はマディー……マデリン・プライスよ」

彼はマデリンの手を握ったまま、ふたたび、はじめて会いましたね、と言わんばかりの表情で彼女を見た。マデリンは手を引いて、すばやくワイングラスをつかんだ。彼にもう一度触れたいという、このドキドキする圧倒的な衝動に負けないように。負けてしまえば、またあのビリビリが襲ってくるだろう。

攻撃は最大の防御だと肝に銘じて、マデリンは言った。「じゃあ四歳児の育て方の本について教えてちょうだい。子どもがいたなんて知らなかったわ」

ジャックは首を横に振った。「いないよ。でも四歳の姪がいる。たくさんの時間を一緒に過ごしてるけど、子どもには取扱説明書がついてるわけじゃない。だから一冊買おうと思ったんだ」彼はためらってからたずねた。「写真を見る？」

ジャックの返事と申し出に驚きながら、マデリンは答えた。「ええ」

彼はズボンの尻ポケットから黒い札入れを抜いて、そこから写真を取り出した。「名前はソフィーだ」と言いながら、マデリンに写真を渡す。

写真には、青い瞳の妖精のようなかわいらしい少女が写っていた。はにかんだ、えくぼのある笑顔を、赤銅色のカールした髪が後光のように縁取っている。

「なんてかわいいの」マデリンは写真に微笑みかける。「赤い髪の天使みたいね」

「ありがとう。でもその天使のような笑顔にだまされちゃいけない。彼女はやさしい子だけど、この赤い髪にぴったりの気性の持ち主だ。本当だよ。完全にぼくの妹から受け継いでいる」

「妹さんも火のように赤い髪なの？」

「いや、性格が火のようでね。ソフィーの赤い髪は父親似だ」

彼女は写真をジャックに渡した。「アトランタに住んでいるの？」

「ソフィーとクレアはね。クレアはぼくの妹だ」彼の表情に影が差した。「クレアの夫、ロブは去年亡くなったんだ。酔ったドライバーにはねられて」

マデリンは同情で胸がいっぱいになり、自然に手を伸ばして彼の腕に触れた。

「大学のとき、親しい友達が飲酒運転の犠牲になったの。どれほど心が痛むか分かるわ。やりきれなくて腹が立つ気持ちも。本当につらいわよね」

ジャックは黙ったまま、白いシャツの袖に置かれたマデリンの指に視線を落とした。マデリンは二人のあいだに電気が走るのを感じた。彼もこれを感じているの？　長い数秒間が流れ、ジャックはビールに手を伸ばし、マデリンの手がすべり落ちた。ビールをごくりと飲むと言った。「ありがとう。ぼくたちみんなにとってつらいことだった、特にクレアにはね。クレアとロブは本当に愛し合っていて完璧なカップルだったから、まだ立ち直れないでいる。どちらの両親も遠く離れたところに住んでいるんだ。父は職業軍人で今はカリフォルニアに駐在しているし、ロブの家族はテキサスに住んでいる。クレアとソフィーにとって、ぼくがここでの唯一の家族なんだ」

「だから彼女たちとよく一緒に過ごしているのね」最愛の夫を亡くしたクレアと、父親のいないかわいらしい少女に心を痛めながら、マデリンは言った。

「できるだけね。クレアは、ソフィーが生まれる前に勤めていた私立学校で教師の仕事を再開したんだ。毎週水曜に保育園に行ってソフィーとぼくの二人でランチを食べて、金曜の夜は三人水入らずで夕食をとることにしている。ソフィーの生活の中に一定して男性の存在があるということが、きっと助けになると思うんだ。少なくともそうであってほしいと願っている」

マデリンはふいにすべてを理解して、ワイングラスを口に運ぶ手をピタリと止めた。水曜の長いランチ……毎週金曜は五時に帰る……。

表現できない感覚に襲われ、グラスを下ろしてつぶやく。「だから金曜の夜は遅くまで仕事をしないのね」

ジャックはうなずいた。「〈ジャヴァ・ヘヴン〉での仕事を引き受ける前に、事情はギャビンに説明してある」

マデリンは自分が勘違い――しかも大きな勘違い――をしていたことを知って、顔をピシャリとまともに打たれた気分だった。自らの非を認めるのがフェアというものだろう。「私も正直になっていい？」先ほどの彼の質問をまねて訊いた。

「もちろん。きついのを頼むよ」

「水曜の長いランチのあと、ネクタイを歪めて戻ってきたり、毎週金曜は五時きっかりに帰っていくから……だからあなたのことをプレイボーイだと思っていたの。もしかすると本当にそうかもしれないけれど」マデリンは急いで付け加えた。「でも少なくともこの二つについては、あなたのことを誤解していた。ごめんなさい」

「いいよ。歪んだネクタイは、保育園でときに荒っぽい遊びをするせいだ」ジャックはニヤリとした。マデリンは自分が座っていたことに感謝した。その悪魔的な微笑みにひざがとろけてしまいそうだったから。「あの大騒ぎとフィンガーペイントから、生きて帰れるだけでもラッキーだよ」

フィンガーペイント……そういえば先週の水曜、ジャックの襟に赤いシミがついていた。フィンガーペイント。それを見て、すぐに口紅だと思ったのだ。明らかに何も分かっていなかった。特にジャック・ウォーカーの人柄について、マデリンの認識は大いに間違っていたというほかない。

「会社でそんなうわさは聞いたことがないわ」マデリンは言った。

「ギャビン以外には誰にも話していないからね。大損失をふせぐための経理の緊急措置と、部内を落ち着かせること、新しい監査役を雇うことにすべてのエネルギーを注いできた。社員たちと個人的な関係を築く時間やチャンスは今までなかったんだ」ジャックはボトルの縁越しにのぞくようにしてマデリンを見た。「このチームワーク強化合宿で、その状況は変わるだろうね」

「そう、それがねらいよ」マデリンはジャックに対する認識が急速に変わっていくのを感じた。でも、それが喜ぶべきことかどうか分からない。ジャックを嫌っているのも不快だったけれど、そんな職場状況に慣れてしまっていた。いや、彼を好きになってしまうことが、さらなる問題を引き起こすのではないかと恐れていた。「ギャビンと合意できてよかったわね。経験から言って、個人の事情に理解がある上司ばかりではないから」

「それが合意の条件だったんだ」

マデリンは眉を上げた。「もし断られたらCFOのポストを辞退したかもしれないってこと？」

「そう。ギャビンからのオファーを受ける前に一つ辞退した。親友の一人でもあった三〇歳の義弟を亡くしたとき、人生を振り返って、その価値を見直したんだ。人生の目的も。何が自分にとって大切なのか。長いあいだ、仕事が最優先だった。考え直してみると、それ以外のすべてを台無しにするところだったことに気づいた。ロブの死によって、本当に何もかもが変わったよ。自分自身も含めて」

ジャックが真実を話していることは明らかだ。マデリンは、彼を嫌う気持ちをしっかりと固定していたロープがほどけていくのをまざまざと感じた。「あの……妹さんを支えて、姪御さんの人生にかかわっていること、すばらしいと思うわ」

「ありがとう。でもそう思ってくれない女性もいるけどね」

「どういう意味？」

「前に付き合った女性で、水曜に自分とじゃなくて姪と長いランチをすることが気に入らなかった人もいた。金曜の夜に会えないことも。それに、ソフィーの保育園で行事があったり家族で出かける予定があると、週末も会えないことがある。この週末は、動物園に行ってから最新のディズニー映画を見る予定を立てていたんだが、この合宿のために断らなくてはいけなかった」

マデリンは彼が電話で話しているのを立ち聞きしたことを思い出し、自分が飛びついた結論に内心恥ずかしくなった。妹と姪と一緒に動物園と映画に行く約束をキャンセルしていたのだ――セクシーな女性とのエロティックなデートなんかではなく。

「今の恋人はどう思っているの？」

ジャックは短く笑った。「ぼくと付き合ってくれる人を見つけたら、すぐに報告するよ。仲間に入れてもらえないイライラは理解できるんだ。今まで家族で出かけるのに女性を誘ったことはないから。でも一方で、その女性とある程度長く付き合うと確信できるまでは、この小さな家族の輪に誰も入れるつもりはない。〝おばさん〟がコロコロ変わるのは、ソフィーにとってはいちばんよくないと思うから」ジャックはビールを一口飲んで続けた。「きみはきっと女性の味方をするだろうね」

マデリンは首を横に振った。「いえ、あなたに賛成だわ」

ジャックは自分の心臓のあたりを手のひらで叩いて、うしろへのけぞった。「救急医療隊を呼んでくれ！　ショックで卒倒しそうだ」

マデリンは笑った。「今までだって意見が合ったこともあったでしょう」

ジャックは大げさに考え込む様子で顔を歪めて、首を振った。「ごめん。一つも思い出せない」

マデリンはしばらく考えて、自分も思いつかないことに気づいた。はじめて会ったときから衝突してばかりだった。「だけど、なんでもはじめてのときがあるわ。あなたが自分よりもソフィーの気持ちを優先しているのはすばらしいと思う」

「ありがとう。ぼくがすばらしいことをすると分かって、きみはとても驚いているみたいだけど」

「そうね、驚いてる」自分も心を開いて謝らなければと思いながらマデリンは言った。「私が小学校五年生のときに母が亡くなったの。父は誰かとデートするようになるまでに何年もかかったわ。ようやくそうなってからも、女性との付き合いと、私と二人の生活を完全に分けるようにしていた。二、三回デートして別れてしまうかもしれない相手を私に会わせて、その人が新しい母親になるのかしらと考えたり、心配したりさせないようにね。大人になって、父が私にとって何がベストかを考えてくれたことと、大勢の一時的なデート相手たちに会わせなかったことに感謝してる」

「お父さんは再婚したの？」

マデリンは微笑んだ。「ええ。実はちょうど今、父とイヴォンヌは結婚一〇周年記念に、二週間のヨーロッパクルーズに行ってるわ」

「じゃあ、ハッピーエンドはありうるんだね」

「場合によっては、そうね。あなたが『ソウルメイトを探すには』を読んでるのは、ハッピーエンドを探すため？」

彼女はかすかにからかうような口調でたずねたが、ジャックは真剣な目をして答えた。「ロブが亡くなって、人生の価値を見直してから、妹とロブのあいだにあったものを自分も求めていると気づいたんだ。両親が長いことずっと持ち続けているもの。つまり、一人の人間との特別な結びつきを。ゲームやドラマみたいな恋愛、気軽な関係には飽き飽きしているんだ。前の恋愛が終わってから、冬眠に入ったような感じだ。正直なところ、新しい仕事と妹のサポートであまり自由な時間がなかった。努力しようと思うほど興味を引かれる女性にも出会わなかったし」ジャックはビールを飲み干した。「期待以上の内容だっただろう？」

二時間前なら、マデリンは彼について知っておくべきことはすべて知っていると断言しただろう。でも、それは自分の間違った推測と結論によるものだった。今は、彼についてほとんど知らないように感じている。ここに座って何時間も話せるような気がした。

マデリンは咳払いをした。「あなたは私に驚いたと言ったけれど、私としては……あなたに驚いたわ」

「傲慢で冷たいやつだと思ってたからだろう？」ジャックは気にしている様子もない。それどころか、楽しんでいるように見えた。

「傲慢でいやなやつ、よ」マデリンは訂正した。「仕事に関しては今でもそう思ってるわ。でもこの一時的な休戦状態にあやかるなら、あなたは頭がよくて、スタッフに公平な最高の上司だとも思ってる」

「ありがとう。仕事に関するかぎり、きみは重箱のすみをつつくのが好きな、堅苦しくて、細かいことまで思いどおりにしようとするタイプだと思ってるよ。でも今の一時的な休戦状態にあやかるなら、きみは頭がよくて、物事をうまくまとめる力があるとも思っている。それに、そのドレスを着ているととんでもなく魅力的だ」

マデリンはその言葉に驚いた。さらにジャックが手を伸ばして、指で手の甲に触れてきたのですっかり動揺してしまった。稲妻が腕を駆けのぼり、つま先まで全身に広がっていくようだった。

「これで、ぼく自身とスーツケースの中の不可解なものについて、すべて話したよ」ジャックは彼女の目をのぞき込むようにして言った。「さあ、次はきみの番だ。きみのようにまじめな女性が、どうして一夜かぎりの相手を探してる？」

マデリンは眉をグイッと上げた。「まじめな女性が一夜の関係を持っちゃいけない？」

「もちろんいいさ」ジャックは数秒間、彼女をじっと見つめた。彼が何を考えているのか教えてくれるなら、なんでもしてしまいそうになるまなざしで。

「でもなんとなく、本当はそんなタイプじゃない気がするんだ」

「〝勇敢に！　おじけづかないで！〟っていうメモを見たからでしょう？」

「確かにそれもある。でも、メモのことを差し引いても、やっぱりきみらしくない感じがする」

「そのとおりよ」考えるより前にひとりでに言葉が出て、神経質な笑い声に変わった。「実は、わりとシャイだと言ったら信じる？」

ジャックはゆっくりとうなずいた。「ああ、信じるよ。仕事とか、そういう自信のあることに対しては堂々としている。だが、仕事以外では……うん、普段はシャイだろうね」

その答えにマデリンは驚いた。「シャイだと言っても誰も信じてくれないの」自然に話しはじめていた。「社交の場で緊張してしまって、すみのほうに突っ立って黙り込んでしまわないように訓練しなくちゃいけなかったわ。無理して知らない人と話すようにした。母のお葬式で、大勢の人たちが私を取り囲んで話しかけてきた、あのときから……」軽い震えが全身に広がり、肩をすくめる。

「あの頃、痛々しいほど人見知りだったの。思いどおりにならないくせっ毛や分厚いめがね、電車のレールみたいな歯の矯正器具が、それに拍車をかけてた。でも母が亡くなったあと、父が誕生日にカメラを買ってくれたの。父がくれたものの中で最高のプレゼントだった。だって、会話をしなくてもコミュニケーションができる方法を与えてくれたから。レンズのうしろに隠れていても、同時に社交的であることができたの。そのおかげで学校にもなじむことができた。卒業記念アルバムと新聞の製作スタッフになって、写真クラブにも入ったわ」

「カメラか……すばらしいアイディアだ。今まで思いつかなかったな。ソフィーは知っている人にはものおじしないんだけど、人がたくさんいるところが苦手なんだ。保育園に慣れるのにも時間がかかった。子ども用のカメラを探してみよう。写真を仕事にしようとは思わなかった？」

マデリンは首を横に振った。「現実主義者だから、食べていけないとわかっててアーティストになろうとは思わなかったわ。写真は大好きだけど、あくまで趣味よ」

　ジャックがあからさまに彼女の全身をうっとりとなめるように見つめてきたせいで、マデリンはカクテルナプキンであおぎたい気持ちを抑えるのがやっとだった。「じゃあセクシーなランジェリーのコレクションは……あれも大好きなもの？」

「もう、目がないくらい」

　ジャックが体を近づけたので、その締まった腿にマデリンのひざが軽く触れた。「ほかにも好物はある？」

　ええ。背が高くて黒い髪の、青い目の男性よ。「ロッキーロードアイスクリーム（ナッツとマシュマロが入ったチョコレートアイスクリーム）、レモンメレンゲパイ、辛いサルサソース」いやだ、この興奮した声は私？「同時に食べるわけじゃないわよ」

　ジャックはクスクスと笑った。「ほっとしたよ。その組み合わせは血管にも心にもよくなさそうだから」

「お腹にもね」

ジャックはさりげなく彼女の手を取り、その指をいじった。指先でやさしくなでられ、マデリンは息ができなくなった。「まだ質問に答えてないね」彼はささやくように言った。

「質問？」こんなふうに触れられていたら、いつまで経っても答えられない。何を訊かれたのかを思い出すこともできないのだから、なおさらだ。

「どうして一夜だけの相手を探してるんだい？　慰めてくれる恋人はいないの？」

プライドを保つためにマデリンは手をそっと引いたが、すぐに彼の指の感触を恋しく思った。「恋人がいたらここには来ないわ」こわばった口調で答えた。「あなたは重箱のすみをつつくような、細かい女だと思ってるかもしれないけど、本当はそうじゃないのよ。それに、浮気もしない。不誠実な男と付き合ったことはあるけれど、その痛みや屈辱をほかの人に与えるつもりはないわ」

「ごめん。きみが浮気をしているという意味じゃなかったんだ」彼は咳払いをした。「裁判長、先ほどの発言を記録から削除し、不適切な質問を言い換えたいのですが」

マデリンは力を抜いて、神妙な顔でうなずいた。「許可します」

ジャックはうなずいて感謝を示した。「じゃあ、どうして恋人がいないの?」

「最近付き合った相手はどれも、道徳観がないか、不誠実か、嘘つきか、またはそのすべてだったの。はじめてのデートは大体、落ち着かないか、退屈かのどちらかだった。数カ月前に、そんな駆け引きやつまらないデートにうんざりして、要するにタオルを投げたってわけ」

ジャックの目に、理解と明らかな興味がきらめいた。「なるほど。そしてたった数カ月で……さみしくなってしまった。またがっかりさせられるような男と関係を築くよりは、性的な欲求を満たしてくれる一夜かぎりの相手のほうがましというわけだ」

マデリンは否定することもできたが、これほどズバリと当てられてしまっては、うまく言い逃れができるとは思えなかった。「人の心が読めるの?」

「いや、ぼく自身がまさにそう感じているから、きみも同じじゃないかと思ったんだ。もうどれぐらい経つ?」

マデリンは嘘をつこうかと思ったが、結局は本当のことを言った。「六カ月よ。六カ月と七日、一四時間と」腕時計に目をやる。「九分よ。数えてるわけじゃないけど」

「ぼくは、八カ月と五日、一二時間と……」ジャックに手首を軽く握られ、マデリンの脈がドクンドクンと乱れた。彼が彼女の時計を見てから付け加える。「四分だ。数えてるわけじゃないけど」

マデリンは異議を唱えようとしたが、ジャックの表情とそのまなざしの強さを見て、言葉が消えてしまった。アカデミー賞ものの演技をしているのでなければ、彼は本当のことを言っている。彼の日照り期間のほうが私のよりも長いなんて。自分の潤い不足の度合いからいって、彼はどのくらい飢えているのだろうと考えずにはいられない。マデリンは急に乾いてきたくちびるをなめた。

「長いわね」

「すごく長い」ジャックはマデリンの手を握りしめ、自分の口へ引き寄せた。こちらをじっと見つめながら、手のひらにくちびるを押し付ける。マデリンは息を飲んだ。肌に触れている彼のくちびるは、その外見も感触もひどく背徳的だ。ああ、まさか、たった今、親指の腹に触れたのは彼の舌?

「ぼくたち、どうにかかするべきじゃないかい、マデリン？」ジャックは言った。あたたかい息が手首の内側の敏感な皮膚をなでる。

彼が名前を呼んだときの、やさしくて深みがあり親しげな調子が、マデリンの心の奥深くにある弦をはじく。今まで長いこと、触れられることのなかったものだ。「どういう意味？」

ジャックはマデリンの手を自分の胸に当てた。彼の体温が指に伝わり、心臓が激しく速く脈打っているのが手のひらに感じられる。マデリンの心臓と同じぐらい速く。ジャックは身を乗り出して、熱いくちびるでマデリンの首筋に触れた。マデリンは興奮で視界がかすむのをはっきりと感じた。

「きみは一夜かぎりの相手を探していて、ぼくはきみよりも長く関係を持っていない」ジャックは耳もとでささやいた。それから姿勢を正して、マデリンの目をのぞき込んだ。彼の目の奥に燃えている炎が、マデリンをジリジリと焦がす。「お互いの一夜かぎりの相手になるのはどうかな？」

7

ジャックは、マデリンの顔にいろいろな感情が浮かんでは消えていくのを見ていた。驚き、疑い、混乱、興味。

そして、欲望。

彼女の目に見間違いようのない火花が飛ぶのを認めて、ジャックは安堵のうめき声を上げそうになった。自分だけじゃなくてよかった。彼女が驚くのも無理はない。彼だってまったく同じだ。自分がマッド・ドッグ・プライスの姿を見ただけで、岩のようにかたくなって、彼女と寝たいと息を荒くするなんて、数時間前に誰かが言ったらジャックは笑いころげて発作を起こしていただろう。

でも目の前にいる彼女は――下ろしたままのセクシーな髪、黒っぽいラインで縁取られたチョコレート色の瞳、消防車のように赤いぴったりしたドレスに包まれた体のカーブ、脚を五キロメートルは長く見せているピンヒール、キスせずにはいられないふっくらとしたくちびる、思わずガブリと噛みつきたくなるクッキーのような香り。そして彼はといえば——岩のようにかたくなって、ただ息を荒くしている。

八カ月と五日、一二時間、そして何分かまでは数えていないが、それほど長いあいだ女性と寝ていないという事実が、マデリンに対する強烈な欲望の原因になっていることは確かだ。一夜かぎりの関係を提案をしたのもそのせいだった。

そうするべきではない理由はいくつか、いや、たくさんあるはずだ。だが思い出す必要はない。それがなんであれ、もう構わなかった。今大事なのは、自分とマデリンのことと、彼女とランジェリーとドレスがジャックの体に灯したこの困った火を消すことだった。彼女が一夜かぎりの相手を求めてるって？喜んで願いをかなえよう。さっきのブロンド男が——またはここにいるほかの男が——マデリンと一夜を過ごすことを考えると耐えられなかった。あと三秒で彼女が答えてくれなかったら爆発してしまいそうだ。ジャックは二人の顔が触れる寸前まで身を乗り出した。

「ジャック、考えたんだけど――」

「考えないで」彼はマデリンのくちびるに向かってささやいた。それから彼女のくちびるに軽く触れるようなキスをする。一回、二回。マデリンがはっと息を飲み、口を開いた。ジャックはそこにくちびるを重ねたとたん、理性が吹っ飛んでしまった。たまらなくおいしい。上質なワインとあたたかくてやわらかい女性の味だ。二人の舌が絡み合い、ジャックは彼女のつややかな髪に手を差し入れ、顔を引き寄せた。まじり気のない欲望のうめき声で喉を震わせ、なめらかであたたかいマデリンの口に深く侵入し、キスは激しさを増す。ジャックはさらに体を寄せて、かたくなったものをマデリンの腿に押し付けた。彼女が脚を動かすと、急速に弱まりつつあるジャックの自制心がもう一段階ゆるんだ。

やっとの思いで、ジャックは顔を上げた。彼女も放心しているようだ。おお神よ、彼女も自分と同じくらい欲望を感じていますように。

ジャックはマデリンのふっくらとして、濡れた下くちびるを親指の腹でなぞった。「イエスかノーか?」自分の声とは思えないほど低くうなるような声で、答えを求めた。

マデリンはくちびるをなめた。その仕草にジャックは歯を食いしばった。

「イエスよ」マデリンはささやいた。

ジャックは一瞬もためらわなかった。視線は彼女に据えたまま、財布に手を伸ばした。ドリンク代には十分すぎる金をポンとカウンターに置き、マデリンの手をつかむと大またでバーをあとにし、まっすぐエレベーターへ向かう。自分の部屋へ戻って、二人きりになりたかった。今すぐに。戻る前に彼女に触れたら、自分を止められる自信がない。

ジャックがボタンを押すとすぐにドアが開いた。助かった。マデリンの手を引いてエレベーターに乗ると、三階のボタンを押した。ちくしょう、まだ彼女の味がする。もう一度味わいたくてたまらなかった。でも、部屋にたどり着くまで我慢できるだろう。

うしろでドアが閉まった瞬間、ジャックは自分に嘘をつくのをやめてマデリンを壁に押し付けた。彼女の口をくちびるでふさぎ、強引なキスをする。マデリンもためらうことなく応えた。腕をジャックの首に回し、つま先立ちになって体を密着させる。むき出しの欲望がジャックの体を駆けめぐり、片手をマデリンのゴージャスなカールした髪の中へ差し入れた。髪を握りしめて彼女の頭をうしろへ引き、かぐわしい首のカーブにくちびるを這わせながら、もう一方の手は下へすべらせて胸を包み込んだ。マデリンはあえいで体を弓なりに反らして、片脚を上げてジャックの腰に巻きつけ、さらに彼の体を引き寄せた。

耐えきれなくなったジャックは、うなり声とともに、大きくゆっくりと腰を突き上げるように動かした。まずい、正気を失いそうだ。金属音がして、エレベーターが三階に到着したことを告げる。マデリンは不服そうにうめいて脚を下ろし、二人はお互いの体に腕を回したまま、情熱的なキスをさらに続けつつ、円を描きながらエレベーターから出た。そして長い廊下をたどたどしい足取りで進んでいった。

「基本的なルールを決めなくちゃ」よろめきそうに歩きながら、ついばむようなキスの合間にマデリンはささやいた。

「ああ、いいよ」彼は手を前にもってきてマデリンの胸を包み込んだ。「仰せのとおりに」

「ふうっ」マデリンはため息をつき、ジャックの手に押し付けるように体をしならせた。「あなたとはセックスだけよ、ジャック」彼の下くちびるを舌でなぞる。「一夜だけここで楽しんで、もう二度と口にしないこと」

ジャックの片手がマデリンの背中を下りていき、ヒップの官能的なカーブを包む。すごいカーブだ。ジェットコースターも顔負けだな。今までこれほど女性を求めたことがあっただろうか？　こんなに激しく、熱く、疼くような気持ちで。あったとしても、今はまったく思い出せない。「ああ、いいよ。仰せのとおりに」

「〈カサ・ディ・ラーゴ〉でのできごとは、〈カサ・ディ・ラーゴ〉に置いていくの」

「月曜の朝が来たら、何もなかったような顔でいつもの仕事に戻る」彼は同意した。「もうおしゃべりはやめないか？」

「同感」

「きみの部屋、それともぼくの？」

「おしゃべりはやめるんじゃなかったの？」マデリンはささやきながら、たくみに二人のあいだに手をすべり込ませて、彼のかたくなった下腹部に手のひらを押し当てた。

ジャックは荒々しく息を吸い込んで、彼女の手のひらに向かって腰を突き上げた。「ああ、いいよ。仰せのとおりに」

彼女のハスキーな笑い声で、ジャックの体温がさらに何度か上昇した。「三六個入りのコンドームが用意してあるから、私の部屋はどう？」

「そうだね」ジャックはマデリンの首筋を舌で上から下へなぞった。「それにあのランジェリーもあるし」二人は壁にぶつかり、回転しながら廊下を進んでいった。ジャックはチラリと目を上げた。もうすぐだ、よかった。「カードキーを準備しておいてくれ」

「もうできてるわ、ご心配なく。ああ、気が散っちゃう。あなた、手が何本あるの？」

「すぐに分かるよ」ジャックはカードキーを奪うと、すばやく受け口に差し込み、金属のハンドルを回して、マデリンを中へ入れた。

ドアが背後で閉まるとすぐに、ジャックはかたくて男性的な体で、マデリンの胸からひざまでを壁に釘づけにした。頭を下げて激しく、熱く、むさぼるようなキスをすると、マデリンの頭は完全にぼうっとなった。ああ、すごい。彼、キスの仕方を知ってるわ。欲望と切なさが募り、マデリンは口をさらに開いた。

マデリンは待ちきれないようにジャックのシャツのボタンをはずしかけたが、あまりはかどらないうちに彼がドレスの下をまさぐりはじめて、頭の中がすっかり真っ白になってしまった。ジャックのあたたかい手が腿を這い上がり、彼女の脚を持ち上げて自分の腰の上に高く固定する。

「黒のレース?」ジャックがマデリンのTバックの薄い生地に指を這わせながらつぶやいた。

「そう……」指がレース生地の下へすべり込み、彼女のひだを軽くなぞると、言葉は消え入って、よろこびの湿ったため息に変わった。

「濡れてるね」彼は彼女のくちびるにささやいた。

ジャックがゆっくりと円を描きながら愛撫をはじめると、マデリンはひざがガクガクして頭を壁にもたせかけた。「悪いけど、全部、ああっ、あなたのせいよ」

「全面的に認めるよ」

「よろしい。ああ、だめ……すっごくいいわ。これ以上どうするつもり？」

答える代わりにジャックは二本の指を中へすべり込ませて、ゆっくりと出し入れした。マデリンは目を閉じて、長くかすれたうめき声を喉からもらした。彼の肩をつかみ、指の動きに応えて体をくねらせる。

「我慢しないで」ジャックは強い口調で言い、三本目の指を加えた。

「それを続けられたら我慢なんてできない」マデリンは言葉をしぼり出すのがやっとの様子で答えた。

「よろしい。どれぐらい早くいけるか見てみよう」

マデリンはすぐに絶頂を迎えた。激しく。ジャックの肩をしっかりとつかみ、背中を反らして、体を突き抜ける熱いよろこびに完全に身を任せる。けいれんがおさまると、壁にもたれかかり、あえぐように息をした。

「きれいだ」ジャックはマデリンの首にキスを浴びせながらつぶやいた。「もう一度お願いしたいな」

「ええ、いいわ。仰せのとおりに」マデリンがあえぎながらさっきの彼のセリフを繰り返すと、首もとでジャックが微笑むのが分かった。「まだ手を離さないでね。でないと、力が抜けて床に崩れ落ちてしまいそう。私のひざ、タヒチ行きの飛行機に乗っていってしまったみたいなの」

ジャックは低く笑って、マデリンが回復する前に彼女を抱き上げ、ベッドへ向かった。すごい。私を抱き上げたとき、彼、声も上げなかったわ。「ねえ、けがしないでね」片方の腕を彼の首にだらりと回しながら小さな声で言った。「私、羽根のように軽いわけじゃないし、整形外科に行くのはこれからの予定に入ってないから」

「それを聞いて安心したよ」ジャックはベッドの脇で立ち止まった。「ひざはどう？」

ためしに脚を小さく動かしてみた。「まだ行方不明だけど、なんとか立てると思う。でもあまり遠くに行かないで、念のため」

ジャックはゆっくりと彼女を足から床に下ろすと、自分のほうへ引き寄せた。

「これ以上遠くに行くつもりはないよ」

「いいわ。そうしたいなら」

ジャックは前かがみになって、ドレスのうしろの長いファスナーをゆっくり下ろしながら、マデリンの首筋をくちびるで愛撫した。「ドレスもすてきだけど、その下にあるものを見るのが待ちきれない」

「あなたのシャツについても同じことを言いたいわ」マデリンはふたたびシャツのボタンに取り掛かりながら言った。「それからズボンも」

「きみが先だ」

「私はもう先にいってしまったわ。気づいていないかもしれないけど」彼の目をのぞき込み、そこに燃えている炎に息を飲んだ。「お礼を言わなくちゃ」

「どういたしまして。それに、ちゃんと気づいたよ。だけどもう一度見たいんだ」ファスナーを下ろしたドレスの肩ひもの下に指をすべり込ませ、ゆっくりとドレスを肩から下ろす。

「それはうれしいけれど、その前にこれを楽しみたいの」マデリンは指で彼の下腹部をなぞりながら言った。「会計士としては、借方と貸方が同じになるように努めるべきじゃない？」

ジャックはドレスをさっと下に落とし、あらわになったマデリンの体のあちこちに熱いまなざしを注いだ。「今は、きみの資産のほうにずっと興味があるんだ」ジャックに支えられて落ちたドレスから足を抜くと、マデリンは黒いレースのTバック、同じ生地のブラ、ストラップのついたピンヒールだけという姿になった。

ジャックがマデリンの体をなめるように見つめる。そのあからさまな賞賛のまなざしに、マデリンは女としてのゾクゾクするようなよろこびに満たされた。

「驚いたよ」ジャックはレースのブラのカップの縁を指先でなぞりながら言った。「あの堅苦しいスーツの下にこんなものを隠してたなんて、大したものだ」

「それがねらい。業績以外では注目されたくないの」

「魅力を抑えるんじゃなくて、それを武器にすることにやっきになってる女性ならたくさん知ってるけど」

マデリンは肩をすくめた。「私はそうじゃない。仕事のときは完全に保守的なの」

ジャックはマデリンの背中に手を伸ばし、器用な指づかいでブラのホックをはずした。「ベッドでは?」

「ベッドでは……そうでもないわ」マデリンはブラの肩ひもをすべらせて落とし、脇に放った。

「こんなにうれしい報告は久しぶりだ」

ジャックは手を伸ばしたが、マデリンは彼の胸をパシッとはたいて押し戻した。「あら、だめよ。あなたの服を脱がせるのが先。私だってあなたの資産に興味があるの。まずは靴を脱いで」

「いつもこんなに命令的なの?」靴をつま先で蹴ってから、靴下を引っ張って脱ぎながらジャックはたずねた。

「ううん、しびれを切らしたときだけ。今がまさにそう」

「それなら、しびれを切らした、ほとんど裸の女性とは争わないほうが得策だ」

「それが賢いわね」マデリンは手早く残りのボタンをはずし、ジャックがシャツを脱ぐのを手伝った。「すごくすてき」とつぶやき、広い肩を指でなでてから、鍛え上げられた彼の胸と起伏する腹筋に手を這わせた。

ジャックはマデリンの乳房を手のひらで包み、張りつめた乳首をやさしく引っ張って応えた。「同じ言葉をお返しするよ」

「あなたの服を脱がせてるのよ、ジャック」

「止めてはいないよ」

いいえ、完全にじゃましてるわ。彼は魔法の指を持っていて、手をあちこちに伸ばし、マデリンの皮膚に熱い痕跡を残していく。ベルトをはずし、ズボンをゆるめ、ボクサータイプのブリーフと一緒に引き下ろすのに、マデリンは集中力を総動員しなくてはならなかった。ズボンとブリーフが床に落ちるやいなや、ジャックはためらいもなく、愛撫を続けながらそれを脇へ蹴った。

マデリンがジャックの下腹部を指でなでると、彼は短く息を吸い込んだ。ジャック・ウォーカーは、例の〝大きな足の男〟理論が正しいことをはっきりと証明している。マデリンは指でそれを包み込むとやさしく握った。

「あまり長く耐えられそうにない」

答える代わりに、マデリンはふたたび握りしめながら、もう片方の手を彼の脚のあいだに挿し入れて愛撫した。ジャックが目を閉じ、うなり声を上げる。

「もうだめだ」荒々しい声で警告を発した。

「どれぐらい我慢できるか、見てみたいわ」

マデリンはジャックの胸の中央にくちびるを押し付けてから、がっしりしたあたたかい肌の上を、開いた口でなぞりながら乳首に向かっていった。両手で彼の下腹部をなでたりさすったりを続けつつ、乳首の周りに舌で円を描き、かたくなったそれを口に含んだ。ジャックはマデリンの髪をつかみ、その呼吸は激しく、速くなっていた。

「たまらなくいい気持ちだ」真珠のような液体で光っている敏感な先端をマデリンの指が丸くなでると、ジャックの言葉がうめきに変わった。マデリンはそのあたたかい液体に指を触れ、ゆっくりと周りに広げていきながら、もう一方の手で腿のあいだを愛撫した。

「もういい」と言ったジャックの声は荒っぽく、息が乱れていた。それ以上何も発することなく、マデリンを抱え上げる。靴を蹴って脱いだ彼女を、ジャックはやさしくバウンドさせてベッドに横たえると、すぐにパンティーとは名ばかりの代物をはぎ取り、横へ放った。マデリンは前もってナイトテーブルの上に置いておいたコンドームに手を伸ばす。大きくてかたく、興奮しきった彼の下腹部を見て、久しく感じることのなかった渇望でいっぱいになった。

コンドームの包みを開けようとしていると、ジャックが彼女の腿のあいだにひざを突いて、ふたたびじゃまをしてきた。「きれいだよ、マディー」ジャックはマデリンの脚をさらに大きく広げながら、情熱的なまなざしを注いだ。

「本当にきれいだ」

彼の見つめ方、触れ方で、マデリンは本当に自分がきれいなのだと実感した。

「あなただって悪くない……」

ジャックがマデリンの敏感な部分を愛撫した。魔法の指がすべるように動き回り、侵入し、円を描き、もてあそぶと、言葉がよろこびのうめき声に変わった。もう少しでまた達してしまいそうになると、ジャックはコンドームをつかんで包みをやぶった。すべらせるように装着すると、かがみ込み、心臓が止まりそうな激しい一突きで彼女の中へ押し入った。

二人のうめき声が入り混じる。「きみの中、すごくいい気持ちだ」とジャックは低い声で言った。腕に体重をかけて、めいっぱいまで腰を引いてから、ゆっくりと沈み込むと完全にマデリンを満たした。「きつくて、熱くて、湿ってる」ジャックはマデリンの喉もとでうめいた。「完璧だ」

そう。上に乗ってマデリンを満たしている彼の感触を表現するには、〝完璧〟という言葉がぴったりだ。彼が出たり入ったりするときの甘美な摩擦をもっと味わうために、マデリンは脚をさらに広げて腰を持ち上げた。ジャックの突き上げる動きは次第に激しさとスピードを増し、マデリンは一突きごとにより深く、より完全に満たされるのを感じた。快感が体中で爆発し、声を上げる。ジャックの体に腕と脚をきつく巻きつけ、快感の熱いうねりに身を任せた。ジャックは張りつめたまま、荒々しいうめき声とともに頭をうしろに反らし、最後の深い一突きを与えた。体の震えがおさまると、額をマデリンの額の上に乗せ、二人の乱れた呼吸がぶつかり合った。

マデリンは彼の下でぐったりと横たわり、まだ体中に押し寄せる甘い余韻を感じていた。マットレスにマデリンを押し付けているジャックの体の重みが気だるさを誘い、愛おしく、もし体を動かせたとしても――動かすことなどできなかったが――そのままでいただろう。ジャックが頭を上げるまでどれほどの時間が経ったのだろうか。マデリンの頬に張りついた髪を彼が払うのを感じ、やっとの思いで重いまぶたを開けた。そして、同じぐらいぼんやりしたまなざしでこちらをじっと見つめているジャックの瞳に出合った。

予想していなかったやさしい感情がマデリンを満たす。そんな気持ちは気軽なセックスとは無縁のものだと思っていた。そうは言っても、気軽なセックスの経験はまったくなかったけれど。マデリンはつばを飲み込み、ジャックの体を指でなぞろうと腕を上げた。「ねえ、私、ありのままの真実を知りたいの。期待と同じぐらいよかった?」

ジャックは顔の向きを変えてマデリンの手のひらにキスをした。「期待以上だったって言ったら信じる?」

安堵が心に広がる。「私だけじゃなくてよかった」

「きみだけじゃないさ」ジャックは断言した。

「もしかすると、二人ともすごく久しぶりだったからかもしれないわ」薄暗い明かりの中でジャックの顔を見つめながら、マデリンは言った。「でしょう?」

気軽な返事を期待していたが、ジャックは真剣なまなざしでマデリンをじっと見つめている。「どうかな」彼はさらにじっくりと見つめると、くちびるの片端を上げた。「じゃあ、もう一度試そう。まだ一〇分も経ってないから、二人とも正しい判断ができるだろう」そう付け加えて、彼女にすばやくキスをした。「どう？」

マデリンは軽い様子で肩をすくめた。「ええ、いいわ。仰せのとおりに。でも二回試すことを提案するわ。そうすればよろこびも二倍ってわけ。念のためにね」

ジャックは被害者めいたため息をついた。「分かったよ。きみがどうしてもと言うなら。あまり口ごたえはしないでおこう」

「よろしい。不平を言う人のことを好きなのは誰か知ってる？」

「誰？」

「そんな人いないわ」

ジャックは含み笑いをした。「シャワーを浴びよう。それからスーツケースに入ってるほかのランジェリーを着てみせてほしい」

「うーん。たくさんあるのよね」

「かまわないさ。不平なんて絶対に言わない。〝不平を言う人のことを好きな人なんていない〟からね」

「そうね。シャワーだけど……」マデリンはジャックのなめらかな背中からお尻を指でくすぐり、彼の目に熱いものがきらめくのを楽しんだ。「たっぷりと興奮させてあげるわ。いろんなやり方でね」

「ああ、いいよ。仰せのとおりに」

8

ジャックはいまいましい森の中を足を踏み鳴らすように歩きながら、やるべきことに集中しようとしていた。それは、オリエンテーリングの色とりどりのフラッグを探し出して現在の位置を確かめ、この森から脱出することだが、情けないほどうまくできない。そのうえ、隣を歩いている女性のことで頭はいっぱいだった。

昨夜、官能的な探索をたっぷりしたおかげで、今では彼女についてずいぶんたくさんのことを知っている。しかも、すべてが彼の好みに合っていた。

時間をかけてシャワーを浴びたあと――二人はそのあいだ、一度ならず欲望に身を任せた――ミニバーをあさった。缶詰のピーナッツとソフトドリンクを分け合いながら、人生や興味のあることについて話した。マデリンはやさしくて、奔放で、刺激的な一夜の相手であるだけではなく、賢くてユーモアがあり、博識で、映画と野球の名選手についての百科事典なみの知識があった。二人がライバル大学に通っていたことが分かると、自分の大学がいかにすばらしいか、和やかな言い合いが起こった。

ジャックは、マデリンが一人っ子で、クレアやソフィーとの親しい関係をうらやましく思っていることを知った。それから、動物が好きで、テニスの腕前はかなりのものだがチェスは下手、フリーマーケットでの買い物が好きで、アンティークのティーポットを集めていて、自分のカールした髪が嫌い――これについては全面的に反対だが――だということ。料理をするのが好きで、洗濯が大嫌い、ビーチが大好きで、スキーに行ったことがなく、来年はイタリアで休暇を過ごしたいと思っていることも。

マデリンといると、ジャックは心の底から安らぐことができた。頭がよく、ユーモアがあり、ものすごくセクシーなこの女性が、自分が〝マッド・ドッグ〟と呼び、この一カ月間ずっと対立してきた相手と同じ人物だとはとても信じられなくて、ジャックは何度も心の中で頭を振った。彼女の新しい面を知るたびに、もっと知りたいと思う自分がいる。すべてを知りたいと。女性とのあいだにこれほどのつながりを感じたのは、ずいぶん昔のことだ。単なる肉体的な結びつき以上のつながりを。

マデリンの体に魅力を感じていないわけではない。もちろん感じている。痛いぐらいに。あの美しくて情熱的なチョコレート色の瞳に、なぜ今まで気づかないでいられたのか。あのゴージャスな微笑みに。あの官能的で女性らしいカーブに。なぜだろう。何も見えていなかったに違いない。でも、今は知っている。一夜かぎりの関係が終わってしまった今、どうしたら忘れられるのか分からなかった。

ベッドの上でピーナッツとソーダのピクニックをしたあと、二人はもう一度愛し合って、眠りに落ちた。朝五時にオリエンテーリングのためのモーニングコールが鳴り、ジャックが目覚めると、マデリンは寄り添って眠っていた。彼女の形のいい腿がジャックの腿に重なり、手は彼の胸の上に置かれていた。その感触がなんとも心地よかった。ずいぶん久しぶりに誰かとともに朝を迎えて、自分が今までいかに孤独だったかを痛感した。特別な人の存在をどれほど求めていたか。親密な関係に身を置くことを。カップルのかたわれになることを。誰かを大切に思い、思われることを。

マデリンが目を開けて、眠そうな顔でおはようと微笑んだとき、その気持ちがさらにムクムクと大きくなった。それから、やさしくゆったりとした朝のセックスを楽しんだ。完璧な夜――少なくとも彼にとっては――にふさわしい、完璧な終わり方だった。

ジャックは自分の部屋に戻り、オリエンテーリングのためにシャワーを浴びて服を着てから、ロビーでマデリンと待ち合わせた。そのとき、二人の一夜は本当に終わってしまったのだという思いに打ちのめされた。マデリンはとても事務的な様子で、冷静な仕事用の微笑みで彼を迎えた。髪をひっつめにして、黒いフレームのめがねをかけて、すっかりまじめな態度に戻っていた。二人が裸で抱き合ってまだ一時間も経っていないというのに。

ジャックはそのことに無性に腹が立った。うっそうと木が茂るオリエンテーリングコースへ向かうバンの中で、彼の常識が〝約束したとおりじゃないか〟と言った。だが、ほかの部分は怒り――そして信じられない思い――で占められていて、二人が共有したものを彼女がこんなにも簡単に無視してしまえることに、悔しいけれど少し傷ついていた。彼にとって二人が共有したものは……すばらしかったからだ。少なくとも自分の経験からいえば、ずば抜けてすばらしかった。

「私の計算によると、青いフラッグはまっすぐ東へ三五〇メートルほどのところにあるはずよ」右を指差しながらマデリンは言い、立ち止まって地図を調べる。「どう思う？」

彼女のジーンズを引っ張り下ろして、その下に着ているものを見たい。それから、どこもかしこもクッキーの味がするのかを確認したい。

ジャックは髪を掻き上げた。くそっ、まずい。彼女にはちゃんとできていることが、どうしてぼくにはできないんだ？　一夜かぎりの関係を楽しんで、忘れるってことが。

あまりにも楽しかったからかもしれない。

「ジャック、大丈夫？」

その声でわれに返ると、マデリンがいぶかしげな表情でこちらを見ていた。

興奮を目に浮かべた彼女のほうがずっといいのに。もう一度あれを見るにはどうしたらいいのだろう？　答えは分からなかったが、どうしても知りたかった。

ジャックはマデリンに一歩近づき、彼女の目に欲望――それに警戒――が燃え上がっているのを見て取って、残酷な満足感を覚えた。なるほど。無関心なふりをしているが、内心はそうでもなさそうだ。よかった。さらに一歩近づくとマデリンがあとずさったので、ジャックは笑いを押し殺さなくてはならなかった。「実は、大丈夫じゃないんだ」

マデリンはもう一歩下がった。「あら、日差しが強いせい？　バックパックに日焼け止めがあるわよ」

ジャックは首を横に振って、彼女があとずさるのに合わせて前へ出る。「日差しのせいじゃないんだ、マディー」

マデリンの背中が巨大な木の幹にぶつかり、それ以上動けなくなった。ジャックは足をピタリと止め、ごつごつした木の幹に両手を突いて彼女の顔を挟むと、動きを封じた。「きみのせいだよ」

マデリンがくちびるをなめたときにチラリとピンクの舌が見え、ジャックの全身が興奮でこわばった。「私たちの夜はもう終わったのよ、ジャック」

「そうだ。でも考えたんだが……」ジャックは前かがみになって、マデリンのあごの下のベルベットのようになめらかな肌に鼻先をすり寄せた。森の中でもクッキーのにおいがする。ジャックは体を引いて彼女の目をのぞき込んだ。

「一晩を二晩にしないか?」

するとマデリンの目に明らかな興味と興奮が燃え上がった。「そうね……もう一晩ここに泊まるわけだから」とマデリンは考え込むような調子で言う。

「そのとおり。それに昨日の夜はとても楽しかった」

マデリンは片方の眉を上げた。「とても楽しかった、だけ?」

「信じられないほどすばらしかった」彼は訂正した。

「夢のように、を忘れてる」

「それは悪かった」ジャックは体を近づけ、かたくなったものをマデリンのお腹に軽くこすりつける。「それで、どう思う?」

マデリンの目が大きくなった。「ポケットに水のボトルを入れてるの? それとも私に会えてそんなにうれしいの?」

ジャックは微笑んで、朝ロビーで彼女に会って以来はじめてかと思うほど、ゆったりと息を吸い込んだ。「きみに会えて本当にうれしいんだ」彼は頭を下げて、かすめるようなキスをする。羽根のように軽いキスなのに、自分の体が激しく反応していることを笑い飛ばしたいところだったが、突然ふざけていられなくなった。むき出しの渇望が込み上げてきて、彼女のくちびるを奪い、昨日の夜知ったばかりのおいしさ、あたたかさ、やわらかさを舌で存分に味わう。

マデリンは腕を彼の首に回し、体を押し付けた。ジャックはうなりながら両手を彼女のセーターの下に差し込んで、そのすばらしい肌の感触を楽しんだ。手のひらで乳房を包み込み、指先をブラの下へすべり込ませて、かたくなった乳首をいじる。

「ジャック」マデリンは彼の髪を指でつかみながらあえぐように名前を呼んだ。「この森に誰か来ない？」

「八〇〇メートル四方はぼくらしかいない」とジャックは保証した。「それに迎えのバンが戻るのは一時間後だ」

マデリンがジャックのジーンズからシャツを引っ張り出して胴をなで上げる

と、彼の体はよろこびに震えた。「ああ、コンドームを持って来るべきだったわ」マデリンは彼の首筋に噛みつきながら言った。

ジャックがバックパックを払うように下へ落とすと、同時に彼女のバックパックも地面に落ちた。それからジャックは彼女のジーンズに手をかけた。「一つ持ってる」どんどん荒くなる息と同じく、焦って答えた。

「どうして……?」

「どんなときも希望を捨てちゃいけないっていうだろう?」

「あら。あなたは頭がいいってもう言った?」そう口にしたマデリンの声は彼と同じぐらい息が上がっていて、ジャックのジーンズのボタンをはずしている指も、彼に負けないほど明らかに焦っていた。

「いや、むしろ、いやなやつと呼んでいたと思うけど。スニーカーを脱いで」

「私、何を考えてたのかしら?」つま先でスニーカーを横へ蹴り出した。「せめて〝頭のいいいやなやつ〟と呼ぶべきだったわ」

「そうだね」ジャックは彼女のファスナーを下ろし、荒々しくジーンズとパンティーを一気に引き下ろした。彼女に触れなければ爆発してしまう気がした。

今すぐに。ジャックはマデリンがジーンズから足を抜くのを手伝い、彼女の前にひざまずいて体を寄せ、下腹部に舌を這わせた。

マデリンはあえいで脚を開き、指でジャックの髪をとかす。彼の口と舌と指が彼女をよろこばせると、ジャックの名前をうめくように呼んだ。興奮したマデリンのじゃ香のにおいがジャックの頭を満たすと同時に、かすかな香りが……。

「クッキーだ」マデリンの腿に向かってつぶやいた。「きみはクッキーの味がする。どこもかしこも」

「ボディソープよ」あえぐような息のあいだにマデリンは言った。「バニラ・シュガー・クッキーっていう名前なの」

そいつは参った。においも味もこんなにいいのはそういうわけか。バニラ・シュガー・クッキーとかいうやつを体中に浴びている女性に対して、並の男に勝ち目などあるわけがない。実際、今度クッキーを食べるときは絶対に彼女のことを思い出してしまうだろう。クッキーが大好物なのに、困ったことになった。

ジャックは二本の指をマデリンの中へすべり込ませ、はじくような舌の動きに合わせて奥へと突いた。彼女の体がこわばり、長く低いあえぎ声とともに、脈打つように彼の指を締めつける。彼女の震えがおさまるとすぐにジャックは指を抜き、コンドームを取ろうと自分の尻ポケットに手を伸ばした。マデリンが途中まで下ろしたジーンズのファスナーの残りを急いで下ろし、ジーンズとボクサーブリーフを押し下げる。コンドームの包みを開けて装着すると、深く腰を下ろした。

ジャックがマデリンのほうへ手を伸ばすと、彼女はすでにまたがるところだった。彼女が腰を落とし、彼のものをゆっくりと深く導き入れると、ジャックは喉から荒々しいうめき声をもらした。さらに彼女を求めて、マデリンのセーターを押し上げる。彼女がそれを頭から脱いで放り投げると、ジャックはよろこびのあまりうなり声を上げた。それからブラのホックをはずし、あたたかくてやわらかい、クッキーのにおいのする乳房を手のひらで包み、頭を起こすと尖った乳首を口に含んだ。

マデリンはジャックの肩をつかんで、はじめはゆっくりと、それからだんだんとペースを上げて腰を上下させた。この強烈な快感にジャックは歯を食いしばり、果てないようにと気力だけで耐えた。マデリンがオーガズムを迎えそうな気配を感じると、ジャックは彼女の腰をつかんで突き上げた。絶頂感が体中を駆け抜け、彼女の中で何度もドクドクと脈打つ。震えが少しずつおさまってから、彼女の体を抱き寄せた。マデリンは彼の肩の上に頭を乗せて寄りかかった。

「コンドームを持ってきてくれて、本当によかった」眠そうな声でマデリンは言った。

ジャックは彼女の乱れた髪にくちびるを這わせた。「同感だ。きみと二人だけで二時間森の中で過ごしたらどうなるかを知るのに、地図とコンパスは必要なかった」

マデリンは頭を持ち上げて、ジャックに微笑みかけた。なんて美しい瞳。なんてゴージャスな微笑み。ジャックの中で何かが大きく変わっていくのが感じられた。「また貸方が借方を上回ってしまったわね。あなたにオーガズム一回分の貸しができた」

ジャックも微笑み返した。「ああ、そうだね。仰せのとおりだ」

マデリンは笑い、ジャックは今まで彼女について〝かわいらしい〟という以外の印象を持っていたことを不思議に思った。「便利な言葉ね。さて、あなたといたずらをしちゃったけど、そろそろフラッグを探さないと」

「何のために？　オリエンテーリングの目的はぼくたちが親しくなることだ」

彼は頭を上げて舌で彼女の乳首の周りに円を描いた。「任務は達成されてる」

「確かに。でも、フラッグを探してここから脱出することにするわ。例の二〇ドルをあなたから勝ち取って、口紅を買うの」

「きみのくちびるに口紅は必要ないけど、分かったよ。やろうじゃないか」

マデリンはいたずらっぽく笑った。「最高の女性に勝利を」

9

夕方になって一夜の関係の第二部をはじめるのが待ちきれないマデリンには、その日の残りが永遠に続くように思えた。彼女はオブザーバーとしてすべてのチームワーク演習に立ち会い、人数合わせのためにもう一人必要なときに、二回だけ参加もした。演習のあいだずっと、目の前の課題に集中するように努力しなければならなかった。ジャックのことで頭があふれんばかりになっていたからだ。

マデリンのおかげで森を脱出することができたジャックは喜んで二〇ドルを支払い、〈カサ・ディ・ラーゴ〉へ向かうバンに乗り込むと、道に迷ったのは彼女以外のことに集中できなかったせいだと訴えた。それを聞いてマデリンは、今すぐ森の中へ彼を引きずり込んで、もう一度いたずらをしてみたい気分になった。

一日中、それぞれの演習でジャックとスタッフたちが互いに影響し合い、作戦を練り、計画を立て、問題を解決し、意思の疎通を図り、困難な状況に対応し、互いをサポートする――ときにはサポートしない――のを、マデリンは観察していた。すべり出しはゆっくりで、気乗りしない様子のスタッフも何人かいるのが感じられた。しかし時間が経つにつれて、全員が多かれ少なかれゲームに引き込まれていき、かなり熱中しているスタッフもいた――ピーター・クインという経理課長を除いて。チームワーク演習によって、負けず嫌いの性格や、ユーモアのセンス、頑固さ、独創的な発想力など、それぞれの特徴が浮き彫りになった。

マデリンは視線がジャックのほうへと引き付けられないように最大限の努力をしながら、観察した内容を走り書きした。それでも、気がつくとジャックのほうを見てしまっている。実際に見ていないときでさえ、痛いほど彼を意識していた。ジャックはおおらかさとカリスマ性を備えていて、それがスタッフからの尊敬を引き寄せていることがよく分かった。今までの一カ月でそのことに気づいてはいたが、今、新たな目で見ると、そのリーダーとしての能力、自信、スタッフへの責任感をはっきりと感じ取ることができる。彼は与えられた時間内に課題をこなし、公平で理にかなった決定を下した。ジャックがすばらしいボスであることは明らかで、マデリンは先入観によって彼への評価を下げてしまっていた自分を心の中で責めた。いつもは人の評価について結論に飛びつくようなことはしないのに、なぜ彼に対しては違ったのか、とマデリンは首をかしげた。

なぜって、はじめて会ったときからジャックに惹かれていたけど、それを認めるのが怖かったからよ、といじわるな心の声が言った。だから彼の評価を下げて、惹かれないようにと自分に言い聞かせたのよ。

やれやれ、この小さな声には本当に腹が立つ。

でも、まったくそのとおりだった。

確かにジャックに魅力を感じていた。あまりにも。と同時に、そう感じるのがいやだった。今、状況はさらに悪くなっている。彼に魅力を感じているだけでなく、本気で好きになってしまったのだから。とても。怖いぐらいに強く。

彼は一夜の相手としてすばらしいだけでなく、私を笑わせてくれた。そしてどんな話題についても話すことができた。ふうっ、女性向けの映画や靴のことについても楽しそうに話すんだから。妹と仲がいいからに違いないけど、それにしても――女性向けの映画と靴の話なんて！

そのとき、ジャックが四人のチームメンバーと一緒に解いているパズルからふと目を上げた。二人の視線が絡み合い、マデリンは息ができないほど周りの空気が濃くなったように感じた。二人のあいだにあたたかくて親密なものが流れ、マデリンの脈は速くなり、体の中が熱せられたハチミツのようにトロリと溶け出しそうになった。その瞬間、目の前に感情の深い裂け目が大口を開けて待ち構えていて、用心しないとそこへ落ちてしまいそうなことに気づいた。つまり、はじめの予定をはるかに超えて、彼を愛してしまうという深みだ。

昼休みが近づく頃には、スタッフのあいだにすでに新たな友情が芽生えつつあるのをマデリンは感じ取ることができた。ジャックと一緒に座ると二人の関係を勘づかれるのではないかと思い、休み時間中はわざと彼を避けた。代わりに、チームワークプログラムを取り仕切っているボブ・ウィテカーとキャシーと一緒にランチを取り、月曜の朝にギャビンに提出することになっているレポートに加えるべく、彼らに質問をし、その答えを書き留めた。

　ランチのあと、さらにチームワーク演習が続いた。マデリンはチームの力関係、各スタッフの性格、どのように課題に対処しているかについて、大量のメモを取った。夕食は野外での気楽なバーベキューで、スタッフたちが準備、調理、給仕、片付けを自主的にやる形式だ。マデリンは、誰がどの仕事をしているかを観察した。ほとんどの男性がハンバーガーやホットドッグを焼く仕事はしても、あと片付けをする人は一人もいないことに苦笑いを隠しつつ。

　夕食のあとは、〈カサ・ディ・ラーゴ〉のワイナリーの見学とワインの試飲パーティーだった。マデリンもそこに交じり、彼らがどんなふうに交流しているか、誰が誰と話しているか、誰が自分の殻に閉じこもっているかを心の中でメモした。ジャックは全員に話しかけ、グループからグループへ移動しながら、リラックスした態度を崩さずに話を聞き雑談をしていた。彼は最後にマデリンの前に立って微笑んだ。

「はじめまして、ジャック・ウォーカーです」

彼がバーで同じセリフを言ったのは、つい昨晩のことだったのだろうか？祖母がよく歌っていた歌のフレーズがパッと浮かんだ。〝一日でこんなに変わるなんて、たったの二四時間で〟

マデリンは微笑み返した。「マデリン・プライスよ。すてきなパーティーね」

彼はうなずいて、声を低くして言った。「個人的には、終わるのが待ちきれないんだ」

マデリンは眉を上げげた。「すてきなお相手が待ってるの？」

「最高のね」彼の目から煙が吹き出そうだった。「ぼくは幸運な男でね」

「うーん。あなた、今夜はきっといいことがあるわよ」

ジャックはワインを一口飲んでから続けた。「一日中メモを取ってたね」

「それが私の仕事だから」

「みんなが互いにどう影響し合っているかを観察することがね」

「それにしても」話題を変えようとしてマデリンは言った。「このワインは最高ね」

「そうだね。今、話題を変えたね」

「そうね。でもワインは最高よ」

ジャックにしばらくじっと見つめられ、マデリンはこれ以上追及されませんようにと祈った。ギャビンの指示で、レポートが何を意味するかについて話すわけにはいかなかったからだ。それに、仕事の話はしたくない。昨夜の二人の時間に水を差すようなことは避けたかった。ようやくジャックが口を開いた。

「今夜はぼくの部屋？」

「いいわね」

「了解」彼はすばやくウィンクをした。「じゃあおいでよ、ハニー。ランジェリーとコンドームを持って」

一時間後、パーティーがやっと終わると、マデリンは下の階にしばらく残り、〈ジャヴァ・ヘヴン〉のスタッフのうち誰が自分の部屋に戻り、誰が話を続けるためにバーやロビーに向かったかをチェックした。「忘れないように。朝食は八時、その後さらにチームワーク演習があります」ボブ・ウィテカーが解散していくスタッフに声をかけた。

そう、朝食に演習があと二つ、そして昼にはこの合宿が終わる。ジャックとの一時的な関係も。

マデリンは急いで部屋に戻り、服を着替えた。ホテルのバスローブにしっかりと身を包み、持ち物をつかむと、廊下に誰もいないことを確認してから、カーペットを横切ってジャックの部屋のドアへ向かった。ノックさえしないうちにドアが開き、ジャックが彼女を部屋の中へ引き入れた。彼の腕の中へ。そしてあの、たまらない気分にさせる、息が止まりそうな、心臓がバクバクするようなキス。彼がやっと顔を上げると、マデリンは言った。「ふうっ。キスがオリンピック種目だったら、今頃あなたの自宅の棚は金メダルでいっぱいね」

「キスには相手が必要だ」ジャックが彼女の敏感な耳たぶを歯でこする。「相手が誰かが大事なんだ。遅かったじゃないか」

「『恋人をよろこばせる五〇の方法』に目を通すのに少し時間がかかったの」

マデリンはジャックの腕にもたれるように体をうしろに引いて、いたずらっぽく眉を動かした。「あなたは一二番が気に入ると思うわ。それから一八番と、四六番も」

「一二、一八、四六はぼくのラッキーナンバーだって前に言った？」

「いいえ。そうじゃなかったとしても、これからそうなることを保証する」ジャックは彼女の目を見ながら微笑んだ。「どうやら、地球上でいちばん幸運な男になれそうだ」

マデリンは手に持ったバッグを持ち上げた。「ランジェリーとコンドームを持ってきたわよ」

「すばらしい」ジャックは彼女を部屋の奥に導いた。彼も同じく、ホテルのロゴが入った白いパイル地のバスローブを着ている。「ぼくはシャンパンとチョコレートを用意した」

ナイトテーブルの上の銀製のワインクーラーの中で冷えたシャンパン、ペアのクリスタルグラス、金色の箱のゴディバチョコレートを見て、マデリンは目を見張った。「シャンパンとチョコレート、大好きよ」

「知ってるよ。ゆうべ教えてくれた」

覚えていてくれたんだわ。彼の気の利いたふるまいに、マデリンの中の女の部分が残らず呼び覚まされて、うっとりとため息をもらした。「ありがとう。これがなくてもあなたに幸運が訪れることは保証されていたけど」

彼はニヤリと笑って、ボトルの栓をポンと抜いた。「分かってる。でも、これでさらなる幸運に恵まれるかもしれないだろう」二つのグラスにシャンパンを注ぎ、一つを彼女に渡すと、自分のグラスを持ち上げた。「サプライズに乾杯」

「サプライズに」マデリンも唱和し、グラスの縁を合わせた。

ジャックは一口飲むとグラスを横に置いて、彼女のローブのベルトの下に指をすべり込ませ、二人の体がぶつかるまで引き寄せた。「この下に何を着てるんだい？」

マデリンもグラスを置き、彼のローブのベルトをグイッと引いた。「同じ質問をしようと思ってたところよ」

「答えを見つける方法が一つある」

二人は同時に相手のベルトをほどいた。ジャックが彼女のローブの前を開いて腕に沿って下ろすと、ローブが足もとに落ちた。ジャックは熱のこもった目で、クリーム色の編み上げ式のコルセット——実際よりもウエストを細く、胸を大きく見せてくれるから選んだものだ——とペアの小さなパンティーを見つめる。目が合うと、彼の視線の熱で焦げてしまいそうだった。

「すてきだ」

気持ちのこもったその一言だけで、この下着を買った甲斐があったというものだ。今度はマデリンがジャックのローブを肩から下ろした。二人のローブが床の上で重なる。彼は一糸まとわぬ姿になり、そそり立った下腹部だけが強烈な印象を与えていた。

「すてきの二乗ね」マデリンは言った。手を伸ばし、ジャックの下腹部を上から下まで指先でなぞった。「貸方と借方のバランスが取れていないのを思い出しちゃった——ぜひとも清算したいわ。まずは一二番から」彼女はひざまずいて、いきなり彼のものを深く口に含んだ。

体に快感の震えが走り、ジャックは目をギュッと閉じた。喉から長くうなるような声がもれる。我慢しようと頭をうしろに反らした。ああ、そうとも、一二番はこれから大好きな数字になるだろう。なんとか息を整えると、目を開けて見下ろす。マデリンのぷっくりとしたくちびるが彼のものを包み込んでいる眺めと、円を描くような彼女の舌と、強く吸い込む熱い口の感触に、その場で果ててしまいそうになった。ジャックは彼女が快感を与える姿を見つめた。背骨の下のほうから高まってくる放出したい衝動を抑えようと歯をくいしばりつつ、指で彼女の髪をとかす。これ以上は無理というところまで来ると、マデリンを立たせてベッドに横たえ、コンドームに手を伸ばし、自分もベッドに上がった。

「今夜を忘れられない夜にしよう」ジャックは彼女に覆いかぶさり、くちびるにささやいた。

「ええ、いいわ。仰せのとおりに」

次の朝、マデリンが朝食のためにダイニングルームへ行くと、最初に目に飛び込んできたのはジャックだった。天井から床まである大きな窓から差し込む明るい日差しのせいではない熱さが、波のようにマデリンの体中に広がった。二人の視線が絡み合い、昨晩のイメージが次々とマデリンの心に浮かんでくる。彼女を深く貫くジャック。上から、下から。シャワーを浴びながら愛し合ったこと。休むことなくあちこちを責める、泡まみれの彼の手。彼をより深く受け入れようと腰を曲げて、タイルを叩く彼女の手。二人の上に降り注ぐ湯。彼女の腿のあいだにうずめられた彼の黒い頭。お互いにチョコレートを食べさせ合ったこと。笑い、いろんな話をしたこと。じゃれ合ったこと。お互いの腕の中で眠ったこと。朝早く目覚め、ローブを着て荷物をまとめながら彼の寝顔を見つめたこと。自分の部屋に戻って、さみしい気持ちになったこと。ジャックとの時間が続いてほしいと願ったこと。もう終わったと知りながら。

そうよ。今日は仕事モードに戻って、明日は出社。今夜、大量のメモに目を通してレポートを書き、明日ギャビンに提出しなくてはならない。このレポートをジャックが気に入らないのは分かっていた。二晩かぎりの関係は正式に終わったのだから、もう気にする必要などないはずだ。ところが、自分がとても気にしているのが意外だった。

マデリンはジャックから無理に気持ちを引きはがした。わざと彼がいる場所からいちばん離れたテーブルにハンドバッグとレザーの書類入れを置いた。その一角から〈ジャヴァ・ヘヴン〉のスタッフが交流している様子を観察できる。フワッとしたスクランブルエッグに、オーブンで焼いたばかりのあたたかいブルーベリーマフィン、しぼりたてのオレンジジュースをビュッフェから運んでくると、座って書類入れを開く。メモを真剣に見つめつつ、ジャックから気をそらした。

二杯目の紅茶を飲みながら所見を書き終わったとき、テーブルの向かい側に影が差した。マデリンの心臓が飛び上がった。目を上げる前にそれがジャックだと分かったからだ。

マデリンは頭を上げ、吸い込まれそうな青い瞳を見つめた。彼は黄褐色のズボンに黄色いポロシャツというカジュアルな服装だ。手で掻き上げたように、黒い髪がわずかに乱れていた。突然、その豊かな髪に指を走らせたいという圧倒的な欲望に指先がうずいた。それがシルクのような手触りなのは知っている。

「座ってもいい?」ジャックがたずねた。

だめよ、向こうへ行って。二人のあいだに何もなかったふりができるほど演技はうまくないの。あなたのことをなんとも思っていないふりもできない。

「もちろん」精一杯、事務的で当たりさわりのない調子でマデリンは答えた。

書類入れを閉じ、ティーカップを手に取った。紅茶が飲みたかったからというよりは、何かを持っていないといたたまれない気持ちだったからだ。

「朝食はおいしかった？」ジャックは彼女の向かい側のイスに座ると訊いた。

「ええ。あなたは？」

「とてもおいしかった」彼はテーブルの上に手を置いて指を組んだ。ジャックの手は本当にすてきだ。大きくて力強く、器用で抜け目がない。昨夜、一センチも余すことなく彼女の体を探索した手だ。

「目が覚めたら、きみはいなかった」彼はマデリンの目をじっと見つめながら静かに言った。

ああ、だめよ。これは想像以上にまずい展開だわ。単純であるべきこと――単なる一夜かぎりの関係――が、どうして突然、複雑になってしまうの？　どうしてこんなことに？　いつから？

マデリンは咳払いをした。「あなたを起こしたくなかったから。それに、私たちの二晩は正式に終わったんだから、そうするのがいちばんだと思ったの」

「気まずいさよならはなしってわけか」

「そのとおり」

ジャックはマデリンの書類入れに視線を移して、また彼女を見た。「マディー……ギャビンがきみを雇ったときからぼくはこう思っているんだ。彼は経理部を縮小しようとしていて、誰を、何人カットすべきかについての助言をきみに求めているんじゃないかとね。秘密をもらすわけにはいかないだろうから、それについて答えを迫るつもりはない。ただ、少しだけぼくの言い分を聞いてほしい」

マデリンはうなずいた。「分かったわ」

「ぼくは経理部の人間をカットしてほしくない。ただの一人も。ギャビンもそれは知っている。誰もクビにしたり一時解雇するつもりはないとはっきり伝えたから。この週末、きみと同じものをぼくも観察してきた。性格が合わない場合もある。ただ、いい関係を築くまでに人よりも時間がかかる人間もいるんだ。たとえば、ピーター・クインみたいにね。彼がなじめていないのは知っているが、すばらしい男だよ。世界一感じのよい人間ではないかもしれないが、ぼくにとって重要なのは、彼が誠実で正直であるということだ」

ジャックは深く息を吸い込んで続けた。「はじめて会ったときからきみを嫌っていたのは、ギャビンのスパイだと思っていたからだ。きみのせいじゃない。ギャビンが雇うコンサルタントなら誰でも嫌いになっただろう。ひどい状態の経理部を立て直そうとベストをつくしているときに、うしろから仕事を監視されてあれこれと批判されるのがいやでね。きみにもやるべき仕事があるというのも分かっているが、要するにこういうことだ。傲慢に思われるのを覚悟で言えば、ぼくは経理部にとって何がベストかを知っているし、それは人員削減ではない。部を縮小しても必要な仕事が減るわけじゃない。残ったスタッフの負担が増えるだけだ。それをこなすだけのために残業や休日出勤を強いられるとしたら、楽しく働けるわけがない。そして、ゆっくりとだめになっていくだろう。ほかの会社でそれが起こるのを見てきたが、ここではそうなってほしくない。ぼくは経理部が生き延びるだけではなくて、結果を出してほしいと思っている。ただ、それを実現するためには、時間と、そしてスタッフ全員が必要だ。ぼくらは今までも目覚しい前進をしてきたし、たったの二カ月しか経っていないんだ。結論を言えば、縮小をして経費を削減する意味などない。仕事を抱えすぎたスタッフは、きみも知っているだろうが、様々な問題を引き起こすからだ。ギャビンにはすでにそう伝えてあるし、経費削減は別の方法で実現するか、別の部署でやるべきだとも言った。経理部ではなくて」

マデリンは慎重に息を吸い込み、静かに吐き出した。「あなたの言いたいことは分かったけど、グループ全体がダメージを受けないために、歯車を修正する――この場合ははずす――必要があるということも考えるべきじゃない？どの会社も経費を最低限に抑えなくてはならないのよ」

「同感だ。でも、ここに不要な歯車はない。それに、経理部を犠牲にした経費削減はさせない」

「一歩も譲る気がないように聞こえるわ」

「そのとおり」

マデリンはゆっくりとうなずいて小さく微笑んだ。「あなたの主張は説得力があるし、筋が通っているわ」

ジャックは微笑み返した。「同意してくれてうれしいよ」そして腕時計に目をやる。「あと数分で演習が始まる。話を聞いてくれてありがとう」

「どういたしまして」

彼の表情がやわらいだ。「それから、すばらしい週末をありがとう」

マデリンは心臓がひっくり返りそうになり、彼に触れたいという強烈な欲望に負けてしまわないようにティーカップを握りしめなくてはならなかった。

「こちらこそ」

ジャックは彼女の目をじっと見つめながら静かに言った。「ぼくらのこの……一緒に過ごした時間は、昨夜で終わりという約束なのは分かってる。でも、知っておいてほしいんだが、ぼくはそのルールを変えても構わないと思っている。考えてみて、返事を聞かせてほしい」

それ以上何も言わずに彼は立ち上がり、出口へと向かった。ジャックが立ち去るのを見送っているあいだ、マデリンの頭の中では彼の最後の言葉がこだましていた。〝考えてみて、返事を聞かせてほしい〟

二晩かぎりの関係を延長することが明らかに〝まずい考え〟だという理由は山ほどある。そう、山ほど。思いついたらすぐに書き留めようと思ったそのとき、幸いにして脳が動き出した。

一緒に働くことができなくなる。

そう?

二人とも性的な魅力を感じているだけだ。

そう?

情事を続けてもなんにもならない。

そう?

〝考えてみて、返事を聞かせてほしい〟

それどころか、それ以外のことを考えるにはどうしたらいいのかマデリンには分からなかった。

10

月曜の午後一時にギャビンはジャックのオフィスにやってきて、「時間あるか？」とたずねた。

「ええ、どうぞ座ってください」ジャックはデスクの向かい側のイスを指して言った。

ジャックは読んでいたレポートを脇にやって、気持ちを引き締めるように息を吸い込んだ。この突然のミーティングは部の縮小の話だという予感がしていた。

ギャビンは腰を下ろして、持ってきた資料の山のいちばん上にあった黄色いフォルダーを手に取った。「午前中に、マデリン・プライスからのレポートをじっくりと読ませてもらったよ。経理部についての彼女の見解をもとに書かれている。詳しいメモ付きで、新しい資料では週末のチームワーク強化合宿に関するものもある」

ギャビンはイスの背に体をもたせかけた。「ジャック、ずばり要点を言おう。経理部を二〇人から一五人に縮小してもらう。猶予は二週間。誰をカットすべきか助言が欲しければ」そう言ってマデリンのレポートが入ったフォルダーをポンと叩く。「喜んで名前を挙げるよ」

たっぷり数秒間、二人のあいだに沈黙が広がった。ジャックはフォルダーに視線を落とし、今まで感じたことのない感情に襲われた。怒り、嫌悪感、いらだち、裏切られた気持ち、すべてが組み合わさって、圧倒的な無力感とともに彼の中でグルグルと回った。自分の説明を彼女は理解してくれたと思っていた。彼の意見を評価し、尊重してくれるものと。どうやら勘違いだったようだ。それもひどい勘違いだ。

「それについてはもう話し合ったはずです、ボス」ジャックは完璧なまでに落ち着いた口調で言った。「私にはどうしても間違った方法としか思えません。実行すれば、私も経理部全体も仕事をまっとうするのが非常に難しくなる。スタッフが二五パーセントもカットされたら、そもそも効率的に仕事ができる状態ではなくなってしまいます。私たちがすべてを立て直すまで少し待ってください。いい方向に向かっているし、この短期間にずいぶん進歩してきた。でも、もう少し時間が必要なんです」

ギャビンは首を横に振った。「すまない、ジャック。やらなくてはいけないんだ」

「バラバラになった経理部を立て直すために私を雇っておいて、うまくいきはじめたところで脚を切断するようなものです」

ギャビンは立ち上がり、ミーティングが終わったことを示した。「二週間だ、ジャック」

ジャックは立ち上がり、うなずいた。「分かりました、二週間ですね。これは私からの正式な通告だと思ってください。今日中にあなたのデスクの上に辞表を出しておきます」

ギャビンは眉を上げて笑い飛ばした。「本気じゃないだろう」

「本気です」

「きみがこれを望んでいないのは分かっている。誰も望んでなどいないが、仕方がないんだ。ミーティングに遅れているから、明日また話そう」

ジャックは黙ったままギャビンが立ち去るのを見ていた。どれぐらいそこに立っていたのか分からなかったが、怒りと腹立たしさ、それに悔しいことに、心の痛みが膨らんでいった。ついに、じっと立っていられなくなった。これを外へ出してしまわなければならない。ぶつけるべき相手も分かっていた。

ジャックは大股で自分のオフィスを出て、スピードをゆるめることなく廊下を進み、マデリンの小さな部屋の前で立ち止まった。ドアは開いていて、ジャックは名乗りもせずに中に入った。

マデリンはこちらに背を向けてかがみ込み、横に置いた段ボール箱に書類の山を移していた。昨日の午後〈カサ・ディ・ラーゴ〉で別れてから、彼女に会うのはこれがはじめてだ。そして、彼女のことを思うのはもう一〇〇〇回目だろうか。ギャビンとのミーティングまでは、マデリンを恋しく思うばかりだった。彼女をもっと知りたい、リゾートで始まったこの魔法のような特別な関係を続けたいと彼女が思ってくれるようにと願っていた。今は、背中からナイフで刺されたみたいで、とてもそんな気持ちにはなれない。

「きみに話がある」ドアを閉めながらジャックは言った。

マデリンは立ち上がって振り返った。髪はうしろでしっかりとまとめられ、めがねが目を縁取っている。ロイヤルブルーの堅苦しいスーツがスタイルのよさを目立たなくさせていた。怒りにもかかわらず、ジャックは彼女をグイッと腕に抱き寄せて、息ができなくなるほどキスをしたくてたまらなくなった。この世に自分たちしか存在しないかのように。あのいまいましいレポートを彼女が書かなかったかのように。くそっ、彼女の魅力にやられてしまったようだ。

それに気づいて、怒りはさらに膨らむばかりだった。ジャックがここに来た理由をマデリンは分かっていないのではないかと思ったが、彼女の真剣な表情を見てその疑いは消え去った。

「そうね、話す必要があるわね」と彼女は言った。「座ったら?」

「いや」はっきりと、だが冷たい声でジャックは応じた。その声は、心の中が凍りついたような今の気持ちとぴったりだった。「きみは満足か?」

マデリンは眉をひそめた。「満足?」めがねを上げてジャックの顔をのぞき込んだ。「何かあったの？」

苦々しい笑いがジャックの口からもれた。「きみからそんな質問が出るとはね。ぼくが自分の職務のため、部のために何を望んでいるかをきみはよく分かっていた。それなのに、そこに突っ立って何かあったのと訊くのか」彼の冷淡な声が部屋の空気を切り裂いた。「きみがギャビンに提出したレポートがどんな結果を招くと思ったんだ？」

マデリンは目をぱちくりさせ、さらに顔をしかめた。「ジャック、私——」

「ギャビンが経理部の人員を二五パーセントもカットするようにと言ってきた。きみはもう知ってるだろうがね」

後悔のようなものが彼女の目にちらりと浮かんだ。「いいえ。知らなかったわ」

「でも今は知っている。きみのレポートのおかげだ。おめでとう」

マデリンの目に怒りが燃えた。「私のレポートがそのことに関係していると思っているのなら、おかど違いよ」

「自分でよく分かってるだろうが、関係大ありだよ。昨日の朝食のときにぼくが話したことを、まったく聞いていなかったのか？」

「ちゃんと聞いていたわ」

「だがきみには何の影響もなかったようだ。つまり、ぼくらのあいだに起こったことも、きみにとっては何の意味もなかったわけだ」

読み取れないほどめまぐるしく、マデリンの顔にいろんな感情が表れては消えた。だが、双子の赤い旗のように彼女の両頬が赤く染まったのは間違いなかった。「予告もなしに勝手に私のオフィスへやってきて、ずいぶんな言葉を投げつけるのね。あなたの言うことを聞いて思ったのだけど……いやだ、まさか」マデリンは大きく息を吸い込んで胸に手を当てた。さっきまでの頬の赤みはすっかり引き、顔色が真っ青になった。「なんてこと！　レポートに手心を加えてもらうために私と寝たの？　あなたの意見に有利な内容にするために？　経理部の縮小を私が勧めないように？」

彼女の質問に驚くあまり、ジャックはしばらく言葉が出なかった。そのあと、胸の痛みと怒りが彼を襲った。それは、初めてとは言わないまでも、久しく感じたことのない感情だった。あごの筋肉が震える。「きみはそう思うのか？」

「それを訊いてるのよ」

「だったら、もう話すことはない」

「構わないわ。話をはじめたのは私じゃないもの」マデリンはドアをあごで示した。「出ていっていただけない？　忙しいの」

「出ていくさ。きみのオフィスからだけじゃなく、〈ジャヴァ・ヘヴン〉からも。二週間後に辞職するともうギャビンに予告したんだ」ジャックはドアを開けて振り返りもせずに出ていった。この知らせに対する彼女の反応を見たくもなければ、言い分を聞きたくもなかった。

ジャックは自分のオフィスへ足早に歩きながら、深い霧の中を歩いているような気分だった。ちくしょう……うんざりだ。ほんの数分でこの仕事をやめることになるとは——。しかし後悔はしていない。自分が正しいと思うことを主張し、それを貫いた。動揺している本当の原因は、マデリンに裏切られたという心の痛みだった。そしてさらに悪いのは、レポートのためにジャックがマデリンと寝たのだと、彼女が信じていることだった。

くそっ、あの一言には本当に傷ついた。そしてその事実に腹が立った。彼女がどう思おうと構うものか。楽しい夜を過ごしたが、もう終わったのだ。

そう、もう終わった。だがそれは始まりにすぎないと、ばかみたいに信じようとしていた。マデリンはジャックの心の奥の何かに触れ、長いあいだ感じたことのない気持ちを引き出してくれたと。しかし事実はまったく違っていた――彼女があのレポートを書き、彼の意見に異議を唱えるとは。明らかに彼の勘違いだったわけだ。残る手段は、マデリンを頭から追い出すしかない。それと心からも。残念なことに、そこには彼女がすでに住み着いてしまっていた。


その夜、ジャックは眠れないまま、ゴロゴロと寝返りを繰り返した。必死に忘れようとしているにもかかわらずマデリンと過ごした時間を一つ残らず思い出して。火曜の朝、重い腰を持ち上げて仕事へ行ったものの、コーヒーを飲みたくてすぐに休憩室へ向かった。最初の一口を飲んだとき、見たことのない男性が入ってきた。三〇代後半ぐらいだろうか、身なりはきちんとしていて、親しげに、いい朝ですね、と声をかけてきた。

いい朝かどうかは大いに議論の余地ありだったが「おはようございます。はじめましてですね」とジャックは答えながら、手を伸ばした。「ジャック・ウォーカーです」

男性はジャックの手をしっかり握ると、二度上下させた。「CFOですね。お会いできてうれしいです。私はウォルター・ラングドン。レーザー・コンサルタント社から来ました」

マデリンが勤める会社の名前を聞いて、ジャックは顔をしかめたいのをやっとのことでこらえた。「ミス・プライスの補助で?」

「いや、彼女の後任で。彼女の仕事を引き継ぎます」

ジャックは飲んでいる途中でいきなり手を止めたので、コーヒーが少しカップからこぼれて床に垂れた。映画の途中で映画館に入ってしまった気分になって、カウンターにカップを置き、ウォルター・ラングドンを見つめる。「ミス・プライスの後任? いつそんな話に?」

「昨日です。でも心配ありません。私はすべてをスピードアップさせるためにやってきたのですから、スムーズに引き継ぎを行います」

「どうして交代したんですか? 彼女の意思ですか、それともギャビンの?」

ウォルターは肩をすくめて自分のコーヒーを注いだ。「合意のうえでだと思いますよ」彼は一口飲んで、うむ、と満足そうな声をもらした。「最高のコーヒーだ。でも〈ジャヴァ・ヘヴン〉ですから期待どおりですね。お会いできてよかったです。これから一カ月はたびたび会うことになると思います」ウォルターはカップを手に持って休憩室から出ていった。

ジャックは誰もいなくなった出入り口を見つめ、驚きでぼうぜんとしていた。そんな反応をするのはおかしい。マッド・ドッグともう会わなくてすむのだから喜ばなくては。彼女を目にすることはもう二度とない。そして、目にしなければ思い出さずにすむ。すばらしいじゃないか。そうだ、いいことだ。うれしいさ。本当にうれしい。ちくしょう！

そうだな、〝うれしい〟という言葉はちょっと強がりかもしれない。多分、〝みじめ〟のほうがしっくりくる。こんなことを気にするべきではないのに、大した問題ではないのに、気づくとギャビンのオフィスへ早足で向かっていた。マデリンとのあいだに何があったのかを確認するために。それから、ジャックは二週間後にいなくなるというのに、新しいコンサルタントはなぜこの先一カ月、ジャックと一緒に働くと思っているのか。昨日の夜、会社を出る前にギャビンのデスクに辞表を置いてきたのだから、彼はよく分かっているはずだ。

「時間ありますか？」ギャビンのオフィスに着くと、ジャックは開いたドアをノックしながらたずねた。

「入ってくれ、ジャック」ギャビンは手招きして言った。「気分は落ち着いたかね？」

その質問を聞いてジャックはいらだった。まるでジャックがかんしゃくを起こして辞表を出したかのような言い方だ。だが、それをぐっとこらえた。「気分はいいですよ。昨日もね。先ほど休憩室でウォルター・ラングドンに会いました」

ギャビンはうなずいた。「新しいコンサルタントだ。いいやつだよ」

「ミス・プライスはどうしたんですか？」

ギャビンは長い息を吐き出して頭を振った。「残念ながら、彼女とはうまくいかなかった」

「つまり、ミス・プライスが去ったのはあなたの決定ですか？」

「そうだ。彼女があんなレポートを出した以上、ほかに選択肢がなかった。私とは考えが合わなかったんだ」

ジャックは眉根を寄せて顔をしかめた。「どういう意味ですか？　レポートに問題でも？」

「ミス・プライスは私が依頼したことをやらなかった。彼女がチームワーク強化合宿に行った目的は、経理部から誰をカットするべきかの助言をすることなのは了解済みだったはずだ。しかしレポートには、カットすべきでない理由とアドバイスがたくさん書かれていた。それは彼女に頼んだ仕事ではない。だから、仕事をきちんとこなせる人間を代わりによこすようにと言ったんだ」

ジャックの体中が残らず凍りついた。「あなたは、ミス・プライスのレポートが部の縮小を勧め、カットすべき人物の名前を挙げていると私に思わせた」

「そうは言っていないが」

昨日のギャビンとの会話を思い出そうとしたが、頭が混乱していた。大きな、とても大きな間違いを犯してしまったという思いで、気分が悪くなりそうだった。

「五人の名前を挙げることについては」ギャビンは続けた。「まずはきみに任せるが、きみがやらないなら私がやることになる」

ジャックは咳払いをして、喉のあたりの緊張をほぐした。「お忘れのようですが、私は正式に辞職しています。書面で」

ギャビンは手を振って否定した。「感情的になっていたんだろう。分かっているよ」彼の視線が厳しくなる。「ただし、もう二度としないことだ、ジャック。最後通牒を突きつけられるのは好きじゃないからね」

「いいえ、出したのは最後通牒ではなくて、二週間後の辞職通知です。しかし、そうですね、通知を撤回します」

ギャビンは得意げにくちびるの端を上げた。「そう思ったよ」

「その代わり、たった今辞職します」ジャックはギャビンのデスクに両手を突き、身を乗り出した。「私は、経理部がゆっくりと死んでいくのを傍観する一員にはなりません。幸運を祈ります。これからのあなたには必要なものでしょうからね」そう言ってきびすを返してドアに向かった。

「こんなふうに出ていくなんてできないはずだ」

ジャックはしばらく立ち止まった。「いや、できます。もう実行しました」それ以上何も言わずに自分のオフィスへ大股で戻ると、わずかな私物を箱に詰めてエレベーターへ向かった。スタッフに連絡を取って説明をしなくてはと心の中でメモを取ったが、それは明日になるだろう。

今は、それよりもずっと緊急に対処すべきことがある。

11

火曜の夕方、マデリンは地下鉄の駅から市の中心にある自宅マンションへの短い距離を歩きながら、長い一日が終わってほっとしていた。早くスーツを脱いで着心地のいいパジャマに着替えて、テレビの前にドスンと座り、冷凍庫で待っている二リットル入りのロッキーロードアイスクリームで悲しみを紛らわせたい。この地球上のロッキーロードアイスを全部集めてもジャックのことを忘れられるわけがないことを頭では分かっていたが、彼女を悩ませるみじめな気持ちが、せめて試してみようと主張していた。

ジャック。彼のことが一瞬も頭から離れなかった。一つには心の底から彼に対して怒っていたから。彼女がギャビンに提出したレポートについて、ジャックが間違った思い込みをしたことにいまだに怒っている。もう一つの理由は、それと同じぐらい腹が立つけれど、彼のことを好きだからでもあった。あまりにも強く。そうなるのがいやで、考えを振り払おうとしてきたけれど、効果はなかった。驚くほど短いあいだに、ジャックは彼女の心に刻印を残していった。

昨日の夜、ロッキーロードアイスの限界に挑戦しているうちに気分が落ち着いてきたので、事の成り行きをじっくり考えてみると、ジャックは彼女のレポートの中身を読んでいないことに気づいた。ギャビンが部の縮小を主張したのだから、彼女のレポートがそれを勧める内容だったとジャックが結論づけたのも無理はない。もちろん、彼女を非難する前に、事実を確認したり、判断を保留しなかったことについては怒っていた。絶対に謝罪してもらわなくては。

でも、眠れない夜と大変な一日を過ごして、マデリンは自分にも非があったという結論に達していた。ジャックがレポートの内容に影響を与えるために彼女と寝たのではないかという疑いに、腹が立って深く傷つき、屈辱を感じた。でも、それを聞いたときの彼の顔を思い出すと、ひどく驚いて傷ついていたのは確かだ。彼女の質問に彼がショックを受けたのはよく分かるし、そんなふうに疑うのは間違いだったと心の中では確信していた。

そう気づいてから、マデリンはズキズキと痛む喪失感に苦しみ、謝らなくてはいけないと感じていた。文房具屋でジャックに送るのにぴったりのカードを探すことに今日の昼休みを費やしたのは、そのためだった。ついにカードを見つけ、短いメッセージと自分の電話番号を書いた。家に着いたら彼の住所を調べ、封筒に切手を貼って、うまくいきますようにと祈ろう。もしかすると電話をしてくれるかも。電話があることを祈った。そうでなければ、ロッキーロードアイスクリームのリハビリをはじめる羽目になってしまう。

角を曲がったところで足取りが乱れた。マデリンのマンションに続くコンクリートの階段にジャックが座っているのが見えたからだ。

マデリンは立ち止まってまばたきをした。ジャックのことでいっぱいの心が生み出した幻影に違いない。でも、本物だった。彼は彼女の姿を認めてすぐに立ち上がった。

マデリンはためらったが、心の中とはほど遠い冷静さを装って、あごを上げてふたたび歩きはじめた。彼女の一部――ジャックを恋しく思う半分――は、駆け寄って抱きつきたいと思っていた。まだ腹を立てている残りの半分は、ハンドバッグで彼の頭を殴りたいと思っていた。

階段へと近づいていくと、ジャックがラベンダーローズの花束を抱えていることに気づいた。明らかに仲直りのためのプレゼントだわ。彼を恋しく思う半分がうっとりとため息をもらした。腹を立てている半分は鼻先でせせら笑った。マデリンが階段を上がり、狭いポーチで横に並ぶまで、彼は何も言わなかった。それから咳払いをして、ためらいがちに微笑んだ。「はじめまして、ジャック・ウォーカーです」

マデリンの心が舞い上がろうとするのを、腹を立てている半分が必死で押しとどめた。「知ってるわ。ご用は何かしら、ジャック?」

「きみと話がしたいと思って。それから、これを渡したかった」彼は花束を差し出した。「花屋の店員がそれぞれの花に意味があると教えてくれたんだ。〝ぼくがばかだった、本当にごめん、許してくれる?〟という意味の花はあるかとたずねたら、ないと言われた。とても残念だから、そのとおりの意味を示す花をどこかの園芸家が開発してくれることを心から願うよ」

「そうしたらきっと大ヒットになるわね」マデリンは素っ気なく言った。

「きっとね。少なくともぼくは在庫を買い占める。でも、花屋にあるうちでいちばん近いのはこのラベンダーローズで、後悔を表しているそうだ。ぼくは今、後悔でいっぱいで、きみにこれを渡したいのはそれが理由だから」

マデリンは、腹を立てている自分の半分に特大バケツいっぱいの冷たい水を浴びせた。すると、それは悪い西の魔女みたいに溶けてしまった。マデリンが何か言う前に、ジャックは花束を彼女の前に差し出した。「受け取ってほしい。ぼくが持って帰るよりもきみのところにあったほうが花たちもずっと幸せだから。花の世話なんてできないんだ。ひどいことに、花を入れる容器もない」

「花びんのこと？」

「そう。かわいそうな花たちに憐れみを」

ゴージャスな花の魅力に逆らえず、マデリンは花束を受け取った。二人の指が軽く触れ合い、ゾクゾクするような感覚が腕に走った。「ありがとう」

「どういたしまして。マディー、どこかで話ができないかな？」

マデリンは花に鼻をうずめた。謝罪してほしいという願いがかなえられた。とてもすてきでロマンティックで、そして明らかに誠実な謝罪だ。彼女の心がまたうっとりとため息をもらした。

「中へどうぞ」鍵を取り出して廊下を歩きながら彼女はたずねた。「私の住所がどうして分かったの?」

「電話帳という、とても便利な道具でね。ぼくの名前を探してみて。〝早とちりするばか者〟で出ているから」

マデリンは頰の内側を嚙んで、くちびるの端が上がって微笑みそうになるのをこらえた。部屋へ入ると、彼女はジャックをキッチンへ連れていった。彼女がクリスタルの花びんに水を入れ、花を生けているあいだ、ジャックは興味深そうにあたりを見回していた。

「すてきな部屋だね。とても落ち着く」

「ありがとう。去年ここを買ったの」マデリンは手を拭いてカウンターにもたれかかった。「さて、何の話をしたいの?」

「昨日のことだ。まだちゃんと伝わっていないといけないから言うけど、本当にごめん。きみのレポートの内容を見ていなかったのに、ギャビンとの会話で信じ込んでしまった。きみが経理部を二五パーセント縮小することを勧めただけじゃなく、カットすべき人間の名前を挙げたんだと。実際には、縮小をするべきではないときみが提案したことを今朝まで知らなかったんだ」

「昨日、あなたに言おうとしたのに――」

「なのに耳を貸さなかった。ぼくは怒って傷ついて、考えなしに話してしまった」彼はしばらくマデリンをじっと見つめて、それから静かに付け加えた。

「ぼくの味方をしてくれてありがとう」

「あなたが正しいと思ったからそうしたことは理解しておいてね。あなたと寝たからレポートの内容が揺らいだわけではないの」

「ついでに訊くけど……」ジャックは探るように彼女の目を見つめた。「レポートの内容を変えるためにきみと寝たと、本気で思ってるの？」

マデリンは首を横に振った。「いいえ、思ってない。あなたに謝らなくちゃ」ハンドバッグの中に手を入れて、買っておいたカードを取り出す。「あなたに送ろうと思っていたけど、ここにいるから……」

何も言わずにジャックはカードを手に取った。その表には地図とコンパスの絵が描かれている。マデリンは、彼がカードを開き、内側の無地の部分に書かれた短いメッセージを読むのを見守った。〝私が間違っていたと分かるのに地図もコンパスも必要ないわ。ごめんなさい——レポートの内容を変えようとして私と寝たんじゃないことは分かってる〟そして電話番号とサインを添えてあった。言いたいことはもっとたくさんあったけれど、結局は短くて素直なメッセージにした。でも、この長い沈黙からすると、選択を間違ったかもしれない。

マデリンは咳払いをした。「えーと、私、言葉をたくさん並べるのが苦手なの」

ジャックはやっとカードから顔を上げた。「大丈夫だよ。ぴったりの言葉だ」

マデリンは安心して、花びんからラベンダーローズを一本抜いて彼に差し出した。「確認だけど、この花の意味は〝私がばかだった、本当にごめん、許してくれる？〟だった？」

彼は微笑んで花を受け取った。「許してあげよう」

そのたった一言で、彼女を苦しめていた心の痛みと不安は、霧が晴れるように消えてしまった。

「ギャビンがほかの人に交代するように言ったことで、レーザー・コンサルタント社でのきみの立場が悪くなったりしていない?」ジャックはたずねた。

「いいえ。コンサルタントと重役の意見が対立することはよくあるもの。もう新しいプロジェクトが始まっているの。あなたは——本当に二週間後の辞職通知を出したの?」

「ああ。でもそのあときみがいなくなったことと、ギャビンがきみのレポートについてだましたことを知って、気持ちが変わってね。その場で辞職したよ」

マデリンはまばたきした。「その場で?」

「ぼくはもう〈ジャヴァ・ヘヴン〉のCFOじゃない」

「部の縮小は本当に譲れないラインだったのね。あなたは自分の信念を貫いて、そのために仕事も捨てた」

「でも、無職のままでいるつもりはない。〈ジャヴァ・ヘヴン〉を出てから考えていて、ある計画が浮かんだんだ。どんな計画か知りたい?」彼は花をカウンターの上に置いて、マデリンの手を取った。「ディナーを食べながらどう?」

その誘いと手を包む彼の手のあたたかさにマデリンの鼓動が速くなった。

「デートに誘ってるの?」

「そうだよ。受けてくれる?」

悔しいことに、喉が締めつけられて、目の奥に熱い涙が込み上げてきた。話すことができずに、マデリンはうなずいた。

ジャックのまなざしに確かな安堵が広がるのが見えた。彼はマデリンの顔を両手で包み、頭を下げた。まるで長い長い旅から家に戻ったときのようなキスだった。彼が頭を上げると彼女は言った。「昨日あなたが私のオフィスを出ていってから、本当にみじめな気分だったわ」

「ぼくもだ」ジャックは親指で彼女の頬をなでて、真剣なまなざしで見つめた。「ぼくらのあいだには特別な何かがあると思う。これがどこへ行き着くかを見届けたいんだ。きみはどう思う?」

マデリンは彼の首に腕を回して微笑んだ。「はじめまして、ジャック。私はマデリン・プライス。私も見届けたいわ」

エピローグ

二カ月後

ジャックはメルローワインのコルクを抜きながら、キッチンの時計にちらりと目をやった。そろそろマデリンが――。

ドアのロックが開く音がして、彼はニヤリとした。この女性はおもしろいほど時間に正確だ。マデリンは明るい赤のキャリーバッグをうしろ手に引いてキッチンへ入ってきた。はじめてディナーに出かけたあと、ジャックがプレゼントしたものだ。ランジェリーでいっぱいのスーツケースが間違って誰かの手に渡る危険を避けるためというのが彼の言い分だ。

彼女は挑発的に微笑んだ。「こんにちは、ハンサムさん。遊ばない？」

ジャックは笑いながらマデリンを腕の中に引き寄せてキスをした。三日前に空港で見送ってから、ずっとキスしたくてたまらなかった。コンサルティングの仕事でフロリダに行ってしまってから、心に穴が開いたようでさみしかった。ジャックはマデリンを抱えてカウンターの上に座らせた。彼女の脚のあいだに割って入り、ヒップを手のひらで包んで引き寄せる。かたくなったものが彼女の腿の付け根に当たるまで。

「まあ、誰かさんは私が恋しかったみたいね」とマデリンが言い、ジャックは彼女のクッキーのにおいのする首筋に舌を這わせた。

「多分、ほんの少しね」

「多分、私もあなたが恋しかった。ほんの少し」彼女は鼻をクンクンさせた。

「ねえ、いいにおいがするわ。イタリアンみたいな」マデリンは体をうしろに反らして驚いた顔で彼を見た。「もしかして……料理したの？」

「料理というのは言いすぎだな。マリオの店のピザとカルツォーネを注文したんだ。オーブンで温めてある」

マデリンは彼の腰に脚を回した。「うーん、ワインに私の大好きな店の料理。

何か特別なことでも？」

「いい知らせがある」彼女のあごのラインに沿ってついばむようなキスをしながらジャックは言った。「今日、新しい顧客と契約したんだ」

マデリンは彼の頭をうしろに引き、口にキスをした。「ジャック、すばらしいわ！　あなたってすごい」それから信じられないという様子で頭を左右に振って笑った。「絶対に成功するとは思っていたけど、それにしてもあなたがコンサルタントになるっていう皮肉には、いつまでも笑えそうだわ」

ジャックは微笑んで彼女をぎゅっと抱き寄せて、この地味なスーツを脱がせるのに何分ぐらいかかるだろうとすばやく計算したが、先に言うべきことをすべて伝えてからにしようと決めた。「きみのせいだ。おかげでコンサルタントに対する認識が一変した。それに一国一城の主のほうがずっと性に合っている」ジャックは手を上げて、彼女の豊かなカールした髪をほどいた。「もちろん、ぼくは典型的なコンサルタントじゃない」

マデリンは片方の眉を上げた。「私は典型的だってこと？」

「まったく違うね」彼女の髪が肩にすべり落ち、ジャックはそのつややかな髪に指を通した。「だからきみを愛してるんだ。少なくとも、きみを愛している理由の一つだ」

マデリンの動きが完全に止まった。ジャックは心臓をドキドキさせながら彼女の目をのぞき込んで、自分の告白に対する反応を確かめようとした。彼女は……ぼうぜんとしていた。くそっ。この上ない幸せな表情を期待していたのに。この二カ月は、自分の会社を立ち上げるための準備と、空いている時間のすべてをマデリンと過ごすことで、あっという間に過ぎてしまった。彼女と過ごす時間が増えるごとに、さらに愛は深まっていった。ジャックは焦りたくなかったからできるだけ自分の感情を抑えてきたが、もう我慢できなかった。マデリンが運命の相手だと確信していた。そして、そろそろ彼女もそのことを知るべきだろう。

「私を愛してるって?」彼女は小さな声で言った。

「愛してる」ジャックは繰り返した。

驚いたことに、彼女のあごが震えて大粒の涙が頬を流れ落ちた。「参ったな」彼はつぶやき、マデリンのうしろに手を伸ばしてペーパータオルを五枚ほど切り取った。「どうしよう、泣かせるつもりはなかったんだ」どうしていいか分からず、くしゃくしゃにした紙の大きな塊で彼女の目のあたりをポンポンと叩いた。

「私も愛してる」と彼女は言い、すぐに彼の首もとに顔をうずめて泣きじゃくった。

喜びがジャックの全身を駆けめぐったが、訊かずにはいられなかった。「本当に？　喜んでいるように見えないけど」

彼女は体をのけぞらせて笑った——少なくとも笑ったように見えた。実際、頬に涙がポロポロとこぼれている状態では、笑っているかどうかよく分からない。「うれしいわ」キスをしながらマデリンが言う。「愛してる。何週間もそう言いたかったけど、あなたが逃げ出してしまうんじゃないかと怖かった。だからあなたが言ってくれるまであと一週間待とうと決めたの」

「ぼくが言わなかったら？」

「そしたら、あなたをベッドに縛りつけて逃げられないようにしてから言ったでしょうね」

「あと一週間、ぼくが言わなかったらベッドに縛りつけられるところだったたってこと？」

「そうよ」

「じゃあ取り消すよ」ジャックは彼女の首筋に鼻をすり寄せた。「そうしたらベッドに縛りつけてくれる？」

マデリンは彼の肩を押した。「取り消しはできないわよ」突然、まじめな顔になって言った。「取り消したいなら別だけど」

「取り消したりしないさ」

「本当に？」

「もちろん」ジャックは彼女の顔を両手で包んだ。「そろそろクレアとソフィーに会ってもらいたいと思ってるんだ。二人にきみのことを全部話したら、とても会いたがってる。金曜の夜のディナーに同席してくれるかい？」

マデリンは、暗い部屋も照らすほどの明るい笑顔になった。「すごくうれしいわ」

「次の金曜も、その次も、その次も」

マデリンの瞳に喜びと愛が広がって、ジャックも今まで感じたことのない幸福感に満たされた。「最高ね」

「よかった。もう一つ最高なのは、きみが言ったベッドに縛りつけるってやつだね。もしかして、『恋人をよろこばせる五〇の方法』とセクシーなランジェリーもそれに含まれる？」

マデリンは体を寄せてキスをした。「ベッドに連れていって確認したらどう？」

ジャックはためらわずに彼女を抱き上げて廊下を進んだ。「ああ、いいよ。仰せのとおりに」

訳者あとがき

よく知っていると思っていた相手の意外な一面を知ると、ついその人への興味が倍増してしまう……そんな経験がみなさんも一度や二度はあるのではないでしょうか？　もの静かな人の情熱を垣間見たり、厳しい人にやさしい言葉をかけられたり、嫌いな人のいいところを発見したり。そんなとき、一体自分はこの人のことをどれほど知っているのだろうと不思議な気持ちがするものです。

ハンサムでプレイボーイタイプのジャックと、地味なスーツに黒いフレームのめがねをかけたお堅い女教師のようなマデリン。一見すると対照的な二人がこの物語の主人公です。大手コーヒーハウスフランチャイズ〈ジャヴァ・ヘヴン〉の最高財務責任者（ＣＦＯ）であるジャックと、彼のボスであるギャビンが雇ったコンサルタントのマデリンは、お互いに〝じゃくにさわるタイプ〟と感じ、仕事上で反発し合っています。

そんな中、経理部全体でチームワーク強化合宿を行うことが決まります。しかも、ギャビンの命令で、ジャックとマデリンの二人だけが前の晩から現地入りすることに。二人はしぶしぶ命令に従うのですが、この夜、運命のいたずらともいうべきハプニングからお互いの意外な一面を知ってしまいます……。

さて、『胸さわぎの週末』（原題 Your Room or Mine?）でもっとも印象的な舞台は、リッチなリゾートホテル〈カサ・ディ・ラーゴ〉でしょう。オフィスを離れ、リゾート地という非日常の世界に場所を移したことが、二人が素直になれた大きな理由だと思います。

この〈カサ・ディ・ラーゴ〉があるラニア湖（Lake Lanier）は、ジョージア州の北部に位置する人工の貯水湖です。洪水防止や生活用水・工業用水の供給目的でも利用されていますが、リゾート地としても人気が高く、年間七五〇万人以上もの人がここを訪れます。ウォータースポーツ、ゴルフ、トレッキングコース、キャンプ場などのレクリエーション施設も充実しているので、夏場はにぎやかになるのでしょう。また、毎年一一月から一二月にかけては、

〝Magical Nights of Lights〟という、世界でも最大級の光のショーが行われるそうです。作者のダレサンドロはアトランタ在住なので、よくこの地を訪れているかもしれません。

本作品は、ジャックとマデリンのウィットに富んだやりとりや、心の中で葛藤しつつも惹かれ合っていく様子が見どころです。また、仕事では自信にあふれているけれども、プライベートでは思うような男性に出会えないことを思い悩む、ひたむきで少し不器用な女性、マデリン。そんな彼女に共感を覚える読者も多いのではないでしょうか。

この作品は〝Double the Pleasure〟というコンテンポラリーロマンスを集めたアンソロジーに収録されているものです。作者のジャッキー・ダレサンドロは、ヒストリカルとコンテンポラリーの両方を手がけ、アメリカでは定評のあるロマンス小説家です。すでに何作かが日本で紹介されていますが、コンテンポラリーの短編が翻訳されるのは本作がはじめてとなります。短編ならではのスピード感もありながら、ていねいな情景や心理描写も同時に楽しんでいただける作品です。ダレサンドロ初の短編邦訳である本作を、どうぞお楽しみください。

二〇一〇年三月

ライムブックス Luxury Romance

胸《むな》さわぎの週末《しゅうまつ》

著者　ジャッキー・ダレサンドロ

訳者　花村珠美《はなむらたまみ》

2010年4月20日　初版第一刷発行

発行者　成瀬雅人

発行所　株式会社原書房
〒160-0022東京都新宿区新宿1-25-13
電話・代表03-3354-0685
http://www.harashobo.co.jp
振替・00150-6-151594

ブックデザイン　Malpu Design（原田恵都子）

印刷所　中央精版印刷株式会社

落丁・乱丁本はお取り替えいたします。
定価はカバーに表示してあります。
 ISBN978-4-562-04383-5, printed in Japan